뒤바뀐 세계

뒤바뀐 세계

빅토리아 그롱댕 지음
김현아 옮김

한울림스페셜

차례

매일 해야 할 일과 순서가

분 단위로 정해져 있는 세상.

사람들 모두 특정 감각이 발달해 예민하고,

각자 흥미를 갖고 있는 주제에

깊이 파고들어 뭐든 꿰뚫고야 마는

디깅러들의 세상.

이 세상에선 아무도 날 이해하지 못해.
그래도 어딘가에는 날 이해해 줄
누군가 있지 않을까?

초록 팔찌

아침 7시에 알람이 울렸다. 더 자고 싶은 마음을 겨우 떨치고 간신히 침대에서 빠져나왔다. 잠이 덜 깬 상태로 방문게시판에 붙은 픽토그램pictogram으로 오늘 일과를 확인했다. 그냥 습관이지 굳이 확인이 필요한 건 아니었다. 하루가 어떻게 흘러갈지는 이미 속속들이 알고 있었다. 오늘도 다른 금요일과 똑같은 하루가 될 것이다. 놀라운 일은 아무것도 없을 것이다.

동생 윌리엄이 깨지 않도록 조심하면서 금요일의 옷으로 갈아입었다. 옷은 요일마다 각각 다른 옷으로 정해져 있었다. 혼란을 주지 않기 위해서였다. 만약 옷이 작아져 맞지 않아도 일주일이면 교체할 시간으로 충분했다. 아홉 살 때, 던컨이라는 남자아이가 화요일에 수요일의 옷을 입고 학교에 온 적이 있었다. 실수로 화요일의 옷이 찢어졌는데 화요일 아침에야 그 사실을 알았고 어쩔 수 없이 수요일의 옷을 입고 왔다고 했다. 그러자 아이들은 그날이 수요일인지 화요일인지 몰라서 갈팡질팡했고, 반 전체가 혼란에 빠져 모든 게 뒤죽박죽이 됐다.

나는 옷을 갈아입고 픽토그램에 적힌 정해진 일정에 맞춰 욕실로 향했다. 7시 10분이면 제멋대로 뻗쳐 말을 듣지 않는 머리칼을 세 번 빗질해 뒤로 빗어 넘길 시간이다. 그런 다음 120초 동안 이를 닦고 아침을 먹으러 아래층으로 내려갔다. 내가 부엌에 들어서자, 엄마는 슬쩍 내 손목을 살피더니 다시 신문을 봤다. 그렇다고 뭐라 하지는 않았다.

"7시 41분에 버스를 타러 갈 건데 팔찌는 그때 할 거예요. 사실 아무 쓸모도 없는 팔찌, 안 해도 되는 거잖아요."

나는 엄마에게 투덜댔다. 엄마가 신문을 내려놓더니 방금 내가 한 말이 무슨 말인지 한참 동안 깊이 생각하는 것 같았다. 그러더니 엄마가 말했다.

"팔찌는 항상 네 몸에 지녀야 해! 네가 예민한 감각이 하나도 없는 장애인이라고 해서 그게 쓸모없는 건 아니야."

내가 장애인이라는 걸 일깨워 주는 것 말고 무슨 쓸모가 있겠어….

누구나 왼팔에 금속 팔찌 다섯 개를 하고 있다. 그 팔찌 하나하나가 한 가지 감각을 나타낸다. 팔찌는 각 개인의 특성을 나타내는 코드가 되었다. 예를 들어 엄마는 청각이 예민해서 천둥소리를 견디지 못한다. 그래서 엄마의 청각 팔찌는 빨간색이다. 반면 엄마의 시각은 예민하지 않다. 그래서 엄마의 시각 팔찌는 초록색이다. 만약 엄마가 쇼핑센터에서 신경 발작을 일으키면 사람들은 엄마의 팔찌만 보고도 예민한 청각을 가져 소리에 민감하게 반응한다는 사실을 알아차릴 수 있다.

얼마 전에도 갑자기 천둥 번개가 치면서 비가 세차게 쏟아졌는데, 길에서 처음 보는 사람이 엄마에게 헤드폰을 빌려주었다. 헤드폰을 쓰자, 엄마는 금세 진정되었다. 팔찌가 없으면 누군가 발작을 일으켰을 때 왜 그러는지 알 수 없고 해결책을 찾기도 어려울 것이다.

팔찌는 몇 가지 의료 검사를 받은 다음 결과에 따라 색이 정해진다. 보통 사람들은 다섯 개 중에 한 개 이상 빨간색 팔찌를 가지고 있다. 일반적으로는 그렇다.

내 팔찌는 다섯 개 모두 초록색이다. 팔찌는 내가 장애가 있음을 드러내는 유일한 표지였다. 나는 팔찌를 차는 게 정말 싫었다. 내 팔찌를 본 사람들은 얼른 시선을 돌렸다. 그리고 나 같은 사람과 마주친 예외적인 상황에 어쩔 줄 몰라 했다. 나도 사람들의 반응을 알고 있었다. 나는 특별히 예민한 감각이 없었다. 이건 결함이라기보다는 내가 다르다는 첫 번째 표지였다. 아주 긴 목록의 맨 앞에 있는.

아침을 먹고 개수대에 들어 있는 그릇들을 꼼꼼하게 설거지했다. 그런 다음 다시 방으로 올라가서 태블릿을 가방에 넣어 가지고 내려왔다. 어떤 사람들은 태블릿이 절대로 없어서는 안 되는 중요한 물건이라고 했다.

3년 전부터 정부는 누구나 태블릿을 하나씩 가질 수 있도록 모든 시민에게 보조금을 주었다. 태블릿에는 〈일상 문제 해결 가이드〉 줄여서 〈GPS〉라고 부르는 필수 애플리케이션이 깔려 있다. 이 애플리케이션에는 해결하기 어려운 수천 가지의 사례가 올라와 있었다. 그중에 하나를 골라 엔터키를 치면 적절한 해결법이 화면에 떴다.

전에는 〈GPS〉를 종이책 한 권에 담아 너무 두꺼워서 가지고 다닐 수도 없고 찾아보는 것도 어려웠다. 색인 페이지만 해도 50페이지나 되었다. 전에 비하면 지금은 모든 것이 아주 간단하고 가볍고 효율적이다. 이제 능률을 중시하는 새로운 시대가 되었다.

7시 41분, 금요일의 후드 티를 입고 외투를 걸치고 팔찌를 차고 집을 나와 곧바로 버스를 탔다. 나는 항상 시간에 정확히 맞춰 가려고 신경을 썼다. 정상으로 보이려면 그래야 했다. 의사 선생님인 케시 그랑댕은 내가 몇 분 지각하는 것쯤은 아무렇지도 않게 여긴다고 말했다. 어느 정도는 맞는 말이었다. 1분 늦거나 빨리 간다고 세상이 무너지는 건 아니라고 생각했으니까.

케시 선생님은 사실 시간은 절대 바뀌지 않는 구조로 신성한 종교보다 더 중요하게 여겨야 한다고 늘 말했다. 그래서 나는 항상 오른팔에 1000분의 1초까지 정확하게 맞춘 시계를 차고 다녔다. 그래야 다른 사람들과 똑같이 움직일 수 있으니까.

나는 버스의 왼쪽 뒷자리에 앉았다. 거기가 내 자리였다. 창밖으로 물기를 머금은 눈송이가 내려오다 땅에 닿기도 전에 녹아 없어지는 것을 가만히 바라보았다. 나를 보러 오거나 나를 쳐다보는 사람은 아무도 없었다. 나는 옆자리에 앉은 매버릭에게 잘 지냈느냐고 인사했다. 매버릭은 건성으로 "응, 잘 지내"라고 대답하고는 공책에 계속 배선도만 그렸다.

언제나 그렇듯이 나는 매버릭이 내게 뭔가를 물어보면 좋겠다고 생각했다. 하지만 늘 그렇듯이 매버릭은 아무것도 묻지 않았다. 질문을 기대하는 건 나에게 장애가 있다는 또 다른 증거였다. 사실 나는 매버릭이 할 법한 대답에 맞춰서 질문했다. 매버릭이 다른 사람의 기분에 관심을 두지 않는다 해도 나는 그에게 뭐라 할 수 없었다. 지극히 일반적인 일이니까.

내가 일곱 살 때 케시 선생님은 아빠와 나, 동생 윌리엄을 데리고 한 가지 실험을 했다. 내가 보통 사람들과 다르다는 걸 확실하게 알려 주기 위해서였다. 선생님은 동생과 아빠에게 나가 있으라고 하더니 내게는 카펫 위에 앉으라고 했다. 카펫 위에 앉았더니, 선생님은 초콜릿 상자를 보여 주었다.

상자 안에 뭔가 들어 있었다.

선생님은 상자를 열어 안에 있는 것을 보여 주며 물었다.

"이 안에 뭐가 들어 있니?"

나는 뭐가 있는지 자세히 보고 나서 대답했다.

"돌멩이가 여러 개 있어요."

상자 안에 든 것이 초콜릿이 아니라는 걸 확인한 나는 실망스러웠다.

"네 생각에 상자 안에 들어 있는 것이 돌멩이 같니, 초콜릿 같니?"

"돌멩이요."

"실제로 상자 안에 숨어 있는 것은 돌멩이니, 초콜릿이니?"

"돌멩이요!"

나는 짜증이 났다. 바보 같은 질문이었다. 그냥 난 초콜릿을 기대했을 뿐!

"네가 상자 안을 들여다보기 전에, 그러니까 내가 처음에 이 상자를 너에게 보여 주었을 때는 안에 뭐가 있을 거라고 생각했니? 돌멩이니, 초콜릿이니?"

"초콜릿이요." 나는 얼른 대답했다.

케시 선생님은 상자 뚜껑을 다시 닫았다.

"아빠는 상자 안에 뭐가 들어 있는지 아직 못 봤어. 아빠에게 이렇게 뚜껑을 닫은 상자를 보여 주면 안에 뭐가 들어 있다고 생각할 것 같아? 돌멩이일까, 초콜릿일까?"

나는 문 쪽을 쳐다보았다.

"초콜릿이요."

"맞아, 그럴 거야. 이제 내 책상 아래에 숨어서 네 동생 윌리엄이 뭐라고 대답하는지 들어 볼까?" 선생님이 웃으면서 말했다.

나도 윌리엄이 뭐라고 할지 무척 궁금했다. 그래서 얼른 선생님 책상 아래로 들어가 몸을 웅크리고 앉았다.

선생님은 윌리엄을 방으로 불렀고, 나한테 했던 것과 똑같은 질문을 하기 시작했다. 조금 더듬기는 했지만 윌리엄도 나와 똑같이 대답했다. 케시 선생님이 상자 뚜껑을 닫는 소리가 들렸다. 선생님은 만족스러워하는 것 같았다.

"아빠는 상자 안에 뭐가 들어 있는지 아직 못 봤어. 아빠에게 이렇게 뚜껑을 닫은 상자를 보여 주면 안에 뭐가 있다고 생각할 것 같아? 돌멩이일까, 초콜릿일까?"

"돌멩이요!"

뭐라고?

"고맙다, 윌리엄. 아빠 옆에 가서 앉아 있으렴. 기욤 형은 12분 뒤에 갈 거야." 선생님이 질문을 마치고 말했다.

윌리엄이 나가고 문이 닫히자마자, 나는 책상 밑에서 나와 서둘러 케시 선생님 앞으로 달려갔다. 선생님은 우리 둘 사이에 상자를 놓았다. 나는 상자를 들고 안에 들어 있는 돌멩이를 물끄러미 쳐다보았다.

"너랑 윌리엄은 뭐가 달랐어?"

나는 잠시 생각한 다음 대답했다.

"윌리엄은 아빠가 상자 안에 돌이 있다고 생각할 거라고 말했어요."

"맞았어. 네 동생은 보통 사람들처럼 타인에게 틀린 신념이 있을 수 있다는 걸 이해하지 못해. 모두가 자기랑 똑같이 생각할 거라고 무의식적적으로 믿어 버리는 거야. 돌멩이가 들어 있는 것을 알게 된 순간부터 윌리엄은 아빠를 포함해 모든 사람들이 그걸 알고 있다고 굳게 믿는 거지."

선생님은 여전히 미소를 지으며 설명해 주었다.

"하지만 그건 사실이 아니잖아요. 아빠는 그걸 몰라요. 상자 안을 본 적이 없으니까요!"

"네 말이 맞아. 음, 그럼 다른 경우를 생각해 보자. 내가 너에게 잘 있었냐고 인사를 하면 너는 잘 지냈다고 대답할 거야. 그러고는 보통 아이들과 달리 나에게 잘 지냈냐고 되물을 거야. 너는 내가 너와는 다른 사람이라는 걸 알아. 내가 너처럼 생각하지 않고 너처럼 행동하지 않는다는 것도 인지하고 있어. 내가 잘 지내지 못했을 수도 있다는 것을 알고 있는 거야."

"네?"

"윌리엄은 너와 다르게 인식해. 자기가 잘 지내면 세상 모든 사람이 잘 지내는 거야. 너는 사람들이 제각각 다른 생각을 한다고 인식하지만, 윌리엄은 사람들 모두가 똑같이 느끼고 똑같은 생각을 한다고 인식하지."

일곱 살이었던 나는 케시 선생님이 나에게 설명한 것을 1분만에 알아들었다.

"그러니까 그 말은 내가 정신이 이상하다는 뜻인가요?"

"절대로 그렇지 않아, 기욤. 너는 세상을 다르게 보는 것뿐이야. 사람들이 현실에 대해 틀린 신념을 가질 수 있고 그에 따라 행동한다는 사실을 너처럼 어린 나이에 인식하는 경우가 거의 없으니까. 보통은 아주 오랜 시간이 걸리거든. 어떤 사람들은 심지어 평생 모를 수도 있고."

윙 증후군

나는 윙 증후군 진단을 받았다.

윙 증후군은 평생 내 삶에 깊이 영향을 미칠 만큼 심각한 신경심리학적 장애다. 세상에 나와 같은 진단명을 갖고 있는 사람은 거의 없다. 살면서 지금까지 한 명도 만나지 못했다. 예전에 만나 보지 않겠냐는 제안을 받은 적은 있었다. 하지만 내 자신도 내가 지긋지긋하게 싫었기 때문에 현실에서 나와 똑같은 누군가를 보고 싶지는 않았다.

어릴 때 윙 증후군을 진단하는 건 쉽지 않은 일이다. 그런데 나는 윌리엄과 일란성 쌍둥이라 엄마 아빠는 내가 다르다는 것을 알아챘고, 내 증상을 일찍 발견할 수 있었다.

일반적으로 '정상'인 아기는 웃지 않는다. 윌리엄도 일상에서 느끼는 기쁨을 드러내지 않았다. 하지만 나는 엄청 많이 웃었고, 쉼 없이 옹알이를 했고, 쉴 새 없이 소리를 지르며 내가 있다는 걸 세상에 알렸다. 사람들에게 매달렸고 한 가지에 집중하지 못했다. 사람들은 보이는 것마다 부산하게 손가락으로 가리키는 나를 보고 어처구니없어 했다. 개, 공, 심지어 알록달록한 막대사탕까지. 그래 봤자 시간 낭비였는데도 나는 늘 손가락으로 무언가를 가리켰다.

내가 걷기 시작하면서 상황은 더 나빠졌다. 엄마 아빠는 허둥대기 시작했다. 내가 가져다 보여 주는 수많은 쓸모 없는 물건들을 나한테서 빼앗기 바빴다. 심지어 나는 사람들과 끊임없이 눈맞춤을 하고 싶어 했다. 엄마 아빠는 이런 내 모습을 가장 힘들어했다. 침을 흘리면서 뚫어지게 쳐다보는 통통한 어린아이를 본 적이 있는가? 생각만 해도 소름 끼치는 일일 것이다.

나와 달리, 윌리엄은 모범적인 어린아이의 본보기였다. 지금도 여전한 귀엽고 뻣뻣한 걸음걸이, 정확한 말투, 차분하고 건조한 목소리까지 모두 갖췄다. 윌리엄은 항상 똑같은 작은 빨간 자동차를 가지고 놀았는데, 특히 바퀴를 굴리며 노는 것을 아주 좋아했다. 나는 온종일 정신없이 굴었다. 제대로 움직이지도 않는 팔다리로 우스꽝스럽게 움직이면서 사방을 뛰어다녔다. 그리고 여러 장난감을 한꺼번에 가지고 놀았다. 한 가지 장난감에 집중할 수 없었다. 나는 어디로 튈지 모르는 아이였다.

2주 내내 강아지 흉내를 낸 적도 있었다. 〈일상 문제 해결 가이드〉 어디에도 내 행동에 대한 대처 방법은 나와 있지 않았다. 엄마 아빠는 '실수로 마약성 약물을 먹은 아이가 야생 동물 흉내를 내는 경우'에 해당하는 문제 해결 방법에 따라 나에게 엄청나게 많은 물을 먹이고, 이상 증세가 사라질 때까지 상태를 지켜보았다.

내 어휘력도 꽤 심각한 수준이었다. 윌리엄은 모든 단어를 정확하게 구사했는데, 나는 뜻 모를 말들을 마구 떠들어 댔다. 그래서 이런저런 사고도 많이 일으켰다. 세 살 때, 차 안에서 얼어죽을 것 같다고 엄마한테 말한 적이 있었다. 그러자 엄마는 내가 저체온증에 걸렸다고 생각하고 병원에 데려갔다. 그 말이 내가 정말로 추웠다는 비유적 표현이었다고 어린 내가 어떻게 설명할 수 있었겠는가?

병원에 갔더니 의사들은 나에게 아무런 이상이 없다고 했다. 적어도 몸에는 말이다. 간호사가 엄마에게 소아정신과 상담을 받아 보라고 했다. 그래서 나는 소아정신과 상담을 받게 되었다. 놀이치료실에 들어가자마자, 나는 도시 그림이 그려진 양탄자 위에서 놀기 시작했다. 커다란 플라스틱 트럭을 집어 들고 사이렌 소리를 내며 불이 난 병원으로 가야 한다고 큰 소리로 비켜 달라고 외치면서 소방관 흉내를 내기 시작했다. 서둘러야 했다. 병원에 빨리 가지 못하면 몸이 아픈 환자들을 구하지 못할 테니까.

그러고는 바비 인형에게 지금 병원이 불타고 있으니 얼른 성형외과 병실에서 나오라고 몇 분 동안이나 설득했다. 그러다 문득 나는 너무도 끔찍한 현실로 돌아왔다.

대기실에서 나를 지켜보고 있던 엄마가 울음을 터트렸다. 나는 심각한 발달지체였다.

그때 검은 피부에 흰 가운을 입은 한 여자가 내가 있는 방으로 들어왔다. 나는 머리칼을 한 올도 흐트러지지 않게 한데 모아 머리 꼭대기에 틀어 올린 모습을 보면서 깜짝 놀랐다. 그 이상한 머리 모양에 정신을 빼앗겨 나는 그만 바비 인형을 떨어뜨리고 말았다.

"안녕, 나는 닥터 케시 그랑댕이야."

나는 그때 목소리가 참 아름답다고 생각했다. 그런데 그건 참 바보 같은 생각이었다. 아름다움은 인간이 규정할 수 있는 실체가 아니다. 아름다움은 아주 추상적이고 주관적이다. 케시 선생님과 처음 만난 뒤로 오랜 시간이 흐른 지금은 그때 선생님의 목소리가 아름다웠던 게 아니라 부드러웠고 평온했다고 생각하게 되었다. 많은 다른 사람들처럼 케시 선생님의 억양에는 규칙적인 리듬이 있어서 집중해서 듣고 있으면 작곡을 할 수도 있을 정도였다.

케시 선생님은 자신을 신경심리학자라고 소개했다. 나는 그게 무슨 말인지 몰랐다. 나중에야 신경심리학이 인간의 행동과 뇌의 긴밀한 관계를 연구하는 학문이라는 것을 알게 되었다.

그날 나는 뜻밖에 나를 이해해 줄 수 있는 유일한 사람을 만났다. 케시 선생님은 내가 생각하는 방식, 행동하는 방식을 알고 있었다. 그렇게 행동하는 이유도 알고 있었다. 여러 번의 상담을 거치고 371일을 기다린 뒤에야 케시 선생님은 내

문제의 정체를 알아냈다. 진단을 내리는 과정은 어려운 일이었다. 선생님은 알아낼 수 있는 유일한 방법을 써서 마침내 나의 문제를 밝혀냈다.

케시 선생님은 태블릿에 올라와 있는 《DSMMD−4》에 근거하여 검사를 진행했다. 미국 정신과협회에서 출간하는 《DSMMD−4》는 정신장애에 대한 진단체계, 정신질환 진단 및 통계편람의 네 번째 개정판이다. 상담할 때마다 차례차례 여러 가지 정신장애의 진단 검사를 하면서 한 가지에서 열 가지 정도의 정신장애를 제외시켜 나갔다. 어떤 때는 단 한 시간 동안에 어느 정도 비슷한 양상을 보이는 이십여 가지의 정신질환을 제외시키기도 했다. 몇 달이 지나 내가 케시 선생님을 신뢰한다고 느끼게 되었을 때, 선생님은 나를 데리고 특수교사, 심리학자, 아동정신의학자, 임상치료사 등 여러 분야의 전문가들을 만났다.

그들은 나에게 여러 가지 행동을 시켜 보고, 엄마와 상담을 하고, 이런저런 물건들을 가지고 놀게도 했다. 물론 엄마 아빠는 많은 질문지에 답해야 했다. 아무래도 그들은 내가 나를 아는 것보다 나에 대해 훨씬 더 많이 아는 것 같았다.

1년하고 6일이 지나고 나서 '윙 증후군'이라는 진단을 받았다. 아주 희귀한 질병이었다. 나는 아홉 번째 윙 증후군 환자가 되었다.

　엄마 아빠는 나의 진단명을 듣고 울지 않았다. 웃지도 않았다. 두 사람이 동시에 나를 보더니 무슨 말인지 모르겠다는 표정으로 서로 마주보았다. 그러고는 윙 증후군이 뭐냐고 케시 선생님에게 물었다.

　"기욤은 다양한 신경학적 변이를 가지고 태어났어요. 보통 사람들과는 내면이 완전히 달라요. 두 분의 자녀는 정보처리 방면에서 천재가 되지는 않을 거예요. 두 분이 꾸준히 인내심을 가지고 가르치지 않으면 아이는 자기 수입에 대한 정확한 세금 계산도 못 할 거예요. 중요한 역사적 사건을 외울 수도 없을 거고, 뻣뻣하게 걷지 않고 유연하게 걸을 거예요. 평생 평범하지 않은 억양으로 말을 할 거고요. 아이에게 증후가 어느 정도로 나타날지는 모르지만 퇴행하는 질환이 아니라는 건 확실히 말할 수 있어요. 두 분의 아들은 윙 증후군을 안고 살아가게 될 겁니다."

　"하지만 이런 상태로 살아가야 한다면 무슨 소용이겠어요.

아이가 그렇게 사는 걸 우리는 원치 않아요." 아빠가 화난 목소리로 말했다.

"왜요?"

"이 세상은 이 아이를 받아들이지 않을 테니까요."

"사람을 바꾸려 하지 말고 우리 세상을 바꿔 보죠." 선생님이 넌지시 말했다.

자연 선택

버스에서 내려서 학교 주차장을 가로질러 건물 안으로 들어갔다. 그러는 동안 아무하고도 말을 하지 않았다. 어차피 말을 걸 사람도 없었다. 사물함에 외투와 후드 티를 가지런히 정리해서 넣고 금요일의 공책을 꺼냈다. 나에게 필요한 것은 모두 이 사물함에 들어 있다.

수업에서 쓰는 공책들을 정리해 두느라 사물함을 서너 개씩 사용하는 아이들이 있었다. 그 아이들은 아무것도 잊어버리지 않고 다 기억하고 싶어 했다. 그런가 하면 모든 것을 다 외워 버리는 아이들도 있었다. 이런 아이들에게 수업 시간에 필기를 시키는 것은 얼토당토않은 일이었다. 나는 공책을 개나 고양이 그림을 그리는 데 썼다. 기분에 따라 개를 그리기도 하고 고양이를 그리기도 했다. 수업 시간에 필기하는 것은 오래전에 포기했다.

사물함을 닫을 때 등 뒤에서 인기척이 느껴졌다. 사람들이 많이 다니는 곳이니까 이상한 일은 아니었다. 그렇지만 분명히 많은 사람들 중에 나를 뚫어지게 바라보고 있는 누군가가 있었다. 나는 홱 돌아섰다.

눈이 큰 여자아이였다. 등 뒤로 흘러내리는 금발 머리가 제멋대로 물결치고 있었다. 여자아이가 얼른 고개를 돌리고 반대 방향으로 사라져 버렸다. 내가 본 건 그게 전부였다. 뒤쫓아 뛰어가고 싶었지만 그렇게 하면 여자아이가 무서워할지도 모를 일이었다. 사람들 사이로 숨어 버려서 찾아낼 수도 없었다. 그 여자아이에게 뭔가 있었다. 그게 뭔지 알아내고 싶었다. 여자아이가 누군지 알아내야 했다.

수업 시작을 알리는 종소리에 퍼뜩 정신을 차리고 현실로 돌아왔다. 내 의지로 걸어간다기보다는 누군가 내 등을 떠밀어서 억지로 가는 기분이었다. 나는 느릿느릿 교실로 들어갔다. 담임교사인 크리스토퍼 선생님은 아이들에게 이메일로 오늘의 수업 계획서를 보냈다. 수업 계획서에는 수업이 끝나는 4시까지 우리가 학교에서 해야 하는 일이 분 단위로 자세하게 쓰여 있었다. 나는 조용히 자리에 앉아서 태블릿을 꺼내 학교 네트워크에 접속했다. 접속하자마자 화면에 하루 일정이 떴다.

8시 15분, 두 번째 종이 울리자마자 크리스토퍼 선생님이 기다렸다는 듯이 수업을 시작했다.

"모두 잘 지냈니? 1번 침부파일을 열어라. 다윈의 진화론에 대해 배울 거야. 지금부터 《갈라파고스의 역사》라는 논문을 10분에서 15분 정도 읽도록 해. 다 읽은 사람은 뭐든 해도 좋아. 하지만 다른 친구들이 논문 읽는 데 방해가 되면 안 돼."

나는 한숨을 내쉬며 태블릿에 자료 파일을 띄우고 첫 번째 논문을 읽었다. 두 페이지를 읽고 나서 나는 다른 생각을 하기로 마음먹었다. 그 여자아이를 떠올려 보기로 했다. 그 여자아이를 잊어버리고 싶지 않았다. 결국 머릿속은 뒤죽박죽이 되었다.

주변을 둘러보았다. 우리 반은 열두 명이다. 모두 쓸모없는 녀석들이었다. '구제불능'. 사람들은 우리를 그렇게 불렀다. 평가 결과, 우리는 아무런 재능이 없었다.

아이들은 모두 열 번째 생일을 맞는 해 7월에 평가를 받는다. 평가는 아주 세밀하게 분류한 수천 가지의 주제에 대한 질문으로 이루어진다. 만약 혼자 힘으로 답안지를 작성해 제출할 수 없는 아이가 있으면 담임선생님이 소리 내어 읽어 주고 대신 써 주었다. 각각의 주제마다 난이도 상·중·하 세 개의 질문이 있다.

난이도 하의 질문에 답할 수 있으면 그 주제에 대해 전혀 모르는 것은 아니다. 난이도 중의 질문에 답할 수 있다면 어느 정도는 흥미를 갖고 있고 지식도 있다는 뜻이다. 난이도 상의 질문에 완벽하게 답했다면, 그 주제에 대해 흥미를 갖고 깊이 파고들어 많은 지식을 알고 있는 '디깅러'라는 의미이다.

어떤 아이에게 세계의 197개 나라에 대해 가르칠 수는 있다. 하지만 그 아이가 배운 지식을 꾸준히 반복 학습하지 않는다면 지리에 푹 빠진 '디깅러'가 될 수는 없다. 말하자면 이 평가는 아이가 어떤 특정 주제에 대해 배울 열정을 갖고 있는지를 판단하기 위함이었다.

평가 결과에 따라 이후에 받게 되는 십 년 동안의 교육 커리큘럼이 결정된다. 아이가 여러 가지 주제에 흥미를 보일 수도 있고, 세 가지 주제에만 흥미를 보일 수도 있다. 하지만 이 평가 자료를 바탕으로 아이의 반을 배정한다. 어떤 주제에 어느 정도 흥미를 갖느냐에 따라 아이가 가장 많이 배움을 얻을 수 있는 과목도 정한다.

학년 말이 되면 교사들은 아이들이 배운 각 주제에 대해 질문을 한다. 아이가 대답을 못하거나 대답할 마음이 없어 거부하는 건 중요한 일이 아니다. 그 주제에 더이상 아이가 흥미를 보이지 않는다고 판단하면 그만이다. 서른네 개의 주제에 열의를 보인 윌리엄을 예로 들자면 처음에는 양자물리학 과정이 들어 있었다. 열두 살 되던 해 학년 말, 수업 시간에 이미 배웠던 법칙에 대해 조금 어려운 질문을 받았는데 윌리엄은 대답하지 않았다. 그러자 윌리엄의 커리큘럼에서 물리학 과정이 자동적으로 빠졌다.

그날 밤 나는 윌리엄에게 왜 답을 하지 않았느냐고 물었다.

"별 관심이 없는 주제인데 내가 잘한다는 걸 보여 줄 필요가 없잖아. 흥미로운 주제에서 잘한다는 걸 보여 줘야지."

굳이 흥미를 보이지 않는 지식은 강요하지 않고, 흥미를 보이는 지식은 가르치겠다는 교육 방식은 바람직하다고 생각한다. 한 사람이 목마른 백 마리 말에게 물을 마시게 할 수 있다. 하지만 백 사람이 있어도 물을 마시고 싶지 않은 한 마리 말에게 물을 먹일 수는 없다. 배우고 싶은 마음이 없는 사람에게 배우라고 강요하는 것은 확실히 시간 낭비다.

학업을 마칠 무렵이면 윌리엄이 배우는 주제는 열 개 이하일 것이고, 윌리엄은 그 주제들에 관한 한 디깅러가 되어 있을 것이다. 그러면 자신의 재능과 관련 깊은 직업을 가질 기회가 생길 테고 그중에서 고르기만 하면 된다. 윌리엄은 자기에게 가장 잘 맞는 직업을 골라 평생 그 일을 하면서 살게 될 것이다.

아빠는 스무 살 때 컴퓨터 회사 검사원을 직업으로 선택했다. 그 이후 지금까지 아빠는 한 번도 직장을 옮긴 적이 없다. 아빠의 직장 동료들이 HTML이라는 프로그램 언어로 애플리케이션을 만들면 아빠는 코드를 일일이 다시 확인해서 사소한 입력 오류가 없는지 확인하는 일을 했다. 아빠는 아주 작은 실수 하나도 놓치는 법이 없었다.

저녁에 퇴근해서 돌아오는 아빠의 얼굴에는 늘 미소가 가득했다. 가끔 바이너리 코드나 C++언어에 관한 강연에 참석

하기도 했다. 가족끼리 식사를 할 때면 아빠는 계속 발전하는 프로그래밍에 대해서 우리에게 알고 있는 모든 걸 이야기했다. 한번 이야기를 시작하면 멈출 줄을 몰랐다. 프로그래밍이라는 자기 일에 푹 빠져 있었다.

대량 생산 식품의 품질 검사 방법을 연구하는 엄마도 마찬가지로 자기가 하는 일에 열정적이다. 나중에 윌리엄도 그렇게 될 것이 분명했다.

하지만 나는 아니었다.

케시 선생님이 예상했던 대로 나는 평가에서 난이도 상의 질문에는 답을 하나도 쓰지 못했다. 대체로 난이도 중의 질문에 정확한 답을 썼다. 그 이상으로 나의 흥미를 불러일으키는 주제는 없었다.

엄마 아빠는 나에게 여성 참정권의 역사와 기하학, 심지어는 음악까지 가르쳐 보려고 애를 썼다. 나는 수요일 저녁이나 한가할 때 가끔 기타를 쳤다. 기타를 칠 줄 안다고 해서 음악과 관련된 직업을 가질 생각은 없었다. 브래지어를 불태우며 여성 운동을 했던 여성활동가 이야기를 집필할 생각도 없었다. 여성들은 오래전부터 당연히 누렸어야 할 권리를 찾기 위해 격렬하게 싸웠다. 그리고 그들이 한 일을 오래 기억해야 하는 것은 당연했다. 하지만 그것이 내 평생을 바칠 일은 아니었다.

우리 반은 몇 명 되지 않았다. 우리는 형편없는 아이들이었다. 매년 평가를 다시 받아 몇몇은 자기 길을 찾기도 했다. 하지만 나처럼 '구제불능' 판정을 받은 아이들은 남아서 아주 기본적인 것을 배웠다. 우리는 모든 과목을 배우지만 거의 아무것도 아는 것이 없었다. 나는 중국어를 포함해 열다섯 개 언어를 배웠다. 하지만 우리말이 아닌 외국어는 실력이 형편없었다. 나는 직각 삼각형의 빗변을 계산할 줄 알지만 암산으로 할 수는 없었다.

졸업하고 나면 내가 할 수 있는 일은 불을 보듯 뻔했다. 복잡한 일을 해야 하는 곳에서 나를 고용할 리가 없다. 나는 결국 자신의 흥미와는 아무 관련 없는 단순한 일이나 하게 될 것이 분명했다. 이것 역시 '구제불능'이다.

내 인생은 아무 쓸모가 없다. 내 인생을 어떻게 해야 할지 아는 사람이 아무도 없기 때문이다.

"《갈라파고스의 역사》를 다 못 읽은 사람?" 크리스토퍼 선생님이 물었다.

아무도 손을 들지 않았다.

"좋아. 이제 34번 파일에 들어 있는 문제를 풀어 볼 거야. 파일을 열어 봐."

아이들은 선생님이 시키는 대로 파일을 열었다. 크리스토퍼 선생님이 한 명씩 돌아가면서 질문을 했다. 늘 그렇게 했다. 뇌성마비가 있는 오스카는 답을 하는 데 3분 24초가 걸렸다. 로체는 답을 하지 않겠다고 말했다. 로체는 늘 그랬다. 다른 사람이 자기에게 뭘 하라고 명령하는 것을 싫어했다. 다른 사람들이 하얗다고 하면 로체는 검다고 했다. 반대로 다른 사람들이 검다고 하면 하얗다고 했다. 선생님은 어떻게든 로체의 대답을 들으려고 애를 썼지만 결국 포기하고 다음 사람으로 넘어갔다. 다음은 내 차례였다.

"기욤, 넌 자연 선택이 긍정적이라고 생각하니?"

선생님의 질문에 숨이 턱 막히는 기분이 들었다.

"자연 선택이 긍정적이냐고요? 그건 나름이지요. 바깥을 좀 보세요. 선생님이 보시는 대로예요. 사회 전체가 더할 나위 없이 능률적으로 돌아가고 있잖아요. 서비스도 완벽하고, 모든 것이 시계처럼 한 치의 오차도 없이 작동하고 있죠."

비유적인 내 말을 아무도 이해하지 못하리라는 것을 알고 있었다. 하지만 멈출 수 없었다. 나는 계속 떠들어 댔다. 말이 점점 더 빨라졌다.

"사람들은 평가를 통해 자연 선택이 또 다른 차원으로까지 올라갈 수 있게 밀어붙이고 있어요. 재능 있는 사람이 성공을 향해 가도록 도와주고 맘껏 재능을 펼칠 수 있게 격려하고, 남달리 뛰어난 재능을 가진 사람에게는 모든 것을 지원해 주죠. 하지만 나머지 사람들에게는 뭘 해 주죠? 선생님은 자연 선택에서 살아남지 못할 사람에 대해서 한 번이라도 생각해 봤나요? 특별히 부족한 데는 없는 사람들이에요. 그런데 이 사람들은 보호를 받을 자격이 없는 건가요? 우리 사회 시스템은 이 사람들을 태어나는 순간부터 서서히 망가뜨려요. 물론 윤리적으로 그런 사람을 돌보기는 하겠지요. 하지만 그런 게 무슨 소용이에요? 구석에 치워 두고 겨우 숨만 붙어 있을 만큼의 몫만 줄 텐데요. 정작 그 사람은 그런 몫을 가지고 싶을까요? 주변 사람들은 모두 원하는 것을 얻는다는 걸 그도 알고 있어요. 그런데 자신은 그럴 수 없죠. 그에게 무슨 결함이 있는 게 아니에요. 다만 뛰어난 능력이 없는 것뿐이에요. 사회는 그런 사람들이 있을 수도 있다는 걸 전혀 고려하지 않았어요. 그런 사람들에게도 감정이 있고 존엄이 있고 자존심이 있어요. 아무도 그런 사람이 태어날 수도 있다는 걸 예상하지 못했던 거예요. 그래서 결국 이런 처지가 되어 버렸어요. 후손을 남길 수도 없고, 사랑을 받을 수도 없는 운명으로 태어나서 짐승이나 다를 바 없는 처지가 되었다고요."

하고 싶은 말을 다 하고 나니 내가 말을 너무 많이 했다는 생각이 들었다. 반 아이들 모두 흥분한 상태였고 혼란스러워했다. 내가 한 말은 주제에서 완전히 벗어나 있었다. 나는 사라지고 싶었다. 태블릿을 가방에 넣고 조용히 교실을 나왔다.

아무도 나를 말리지 않았다.

그레이스

나는 복도를 달렸다. 머릿속이 엉망이었다. 단지 지난 몇 주 동안 쌓이고 쌓여서 나를 짓누르던 좌절감이 터져 나왔을 뿐이었다. 반 아이들에게 분노를 터트릴 이유는 없었다.

윙 증후군을 가진 사람들은 충동, 과장해서 말하고 싶은 욕구, 복잡한 감정을 말로 표출하기, 불편한 감정을 드러내고 도망치기 등의 행동 양상을 동시에 보이는 경향이 있었다. 과장해서 말하고 싶은 욕구는 온갖 미사여구를 사용해 그럴듯하게 꾸며 내어 말하는 것으로 나타났다. 하지만 비유를 사용해 말을 하면 내가 무슨 말을 하고 싶은지 알아듣는 사람이 아무도 없었다. 결국에는 누구도 나를 이해할 수 없게 만들 뿐이었다.

반 아이들은 무슨 일이 일어났는지조차 이해하지 못한 것이 분명했다. 흥분한 내 목소리가 점점 커져서 비명을 지르고 있었는데, 그것 때문에 아이들이 특별히 놀란 것 같지는 않았다. 평소에도 나는 소리를 지르는 일이 많았으니까. 그러나 수업 중에 교실에서 나온 것은 내가 평소에 하던 행동은 아니었다. 결국 잘 짜여진 나의 일과를 내가 엉망진창으로 만들어 버렸다. 반 아이들 앞에서 내가 왜 그랬는지 설명하고 다시 수업을 계속할 수도 있었고 아니면 가능한 한 오래도록 반 아이들을 보지 않고 피할 수도 있었는데….

나는 터덜터덜 건물 밖으로 나와 운동장 스탠드까지 걸어갔다. 계단에 털썩 주저앉아 가방을 아무렇게나 발밑에 팽개치고 무릎을 팔로 감싸 안았다. 바람이 내 머리칼을 마구 헝클어트렸다. 그제야 내가 짧은 소매 스웨터만 입고 있다는 걸 깨달았다. 후드 티는 사물함에 있었다.

건물 바깥에는 아무도 없었다. 학생들은 각자 자기 수업에 열중해 교실 밖으로 나온다는 생각은 꿈에도 하지 않았다. 나처럼 뒤처진 학생들을 다루는 방법까지 〈일상 문제 해결 가이드〉에 나와 있을 리 없었다. 그러니 크리스토퍼 선생님은 이런 상황에서 어떻게 해야 하는지 알 리 없었다. 나는 그런 점을 충분히 이용할 생각이었다.

운동장은 네 구역으로 나뉘어 있었다. 네 구역 중 세 구역에서는 아이들의 체력을 단련하는 수업을 했다. 체육 수업은 꽤 괜찮아서 어떤 아이들은 굉장히 열정적으로 배웠다. 체육 수업에서 아이들은 야구의 공 던지기를 비롯해 수백 가지 동작을 익히면서 동시에 수학 공부도 했다. 나는 이런 체육 수업을 잘 따라가지 못했다. 예를 들어 야구공을 던지면 공은 회전하다가 포물선 궤적을 그리며 결국 바닥에 떨어진다.

대체로 이런 종류의 수업에는 포물선에 대한 아주 상세한 설명과 함께 그래프가 따라 나왔다. 크리스토퍼 선생님은 한 물체가 그리는 포물선을 측정할 때 필요한 계산법을 내게 가르치려고 몇 번이나 시도했다. 하지만 내가 지루한 수업을 견딜 수 없어서 그래프 용지에 강아지 그림을 잔뜩 그렸더니 크리스토퍼 선생님이 뺏어 가 버렸다.

내가 체육 '디깅러'가 될 수 없는 데에는 이것도 큰 이유가 되었다.

운동장의 네 번째 구역은 스트레스 관리라는 필수 과목 수업을 할 때 이용하는 곳이었다. 이상한 일이지만 스트레스 관리는 가장 필수적인 과목이다. 스트레스 관리 수업 시간에는 우리가 평생 무의식적으로 따라야 할 기초 지식을 배웠다. 체계적인 실습을 통해 긴장을 풀어 당황하지 않게 하는 방법을 가르쳤다. 사람들이 신경이 예민해지는 일은 아주 흔했다. 그리고 신경이 예민해지는 이유는 사람마다 모두 달랐다.

어렸을 때 윌리엄은 형광 불빛을 보기만 하면 태아 자세로 누워 버렸다. 강렬한 빛이 윌리엄의 눈을 자극했기 때문이다. 그럴 때마다 윌리엄은 아주 많이 힘들어 했다. 윌리엄의 시각 팔찌는 빨간색이다. 윌리엄은 신경 발작을 줄이려는 목적으로 스트레스 관리 수업을 받았다. 수업은 상당히 효과가 있었다. 지난 9월 이후 단 한 번도 발작을 일으키지 않았다. 나는 윌리엄이 대견했다. 대견하다고 생각….

"지금 수업 시간인데 왜 밖에 있어?"

화들짝 놀라 돌아보았다. 그 여자아이였다. 복도에 서서 나를 똑바로 쳐다보던 그 여자아이. 여자아이는 회색 후드 티와 푸른색 레깅스를 입고 있었다. 그리고 흰색 캔버스화를 신었다. 나는 뭐라고 대답해야 할지 몰랐다. 하지만 여자아이에게 뭔가 있다는 것은 알 수 있었다.

그게 뭔지 찾아내야겠다고 마음먹었다.

"교실에서 나와야겠다는 생각이 들었거든." 내가 말했다. 마치 그것이 가장 논리적인 대답이라도 되는 것처럼 진지하게 말했다.

여자아이가 웃었다. 볼에 보조개가 생기면서 얼굴이 환하게 빛났다.

"그렇게 납득이 가는 이유는 아닌 것 같은데."

"아무도 나한테 이래라저래라 할 수는 없어."

"그건 좀 그럴듯한데." 여자아이가 인정했다. 여자아이는 내 왼쪽 의자에 앉았다.

온몸에 전율이 흘렀다.

"너는 수업 없어?"

"나는 이제 막 이사 왔어. 그러니까 오늘이 학교에 온 첫날이야. 그냥 근처를 돌아보고 있었어. 새로운 환경에 조금씩 익숙해지려면 그래야 할 것 같아서."

나는 고개를 끄덕였다. 논리적으로 딱 들어맞는 말이었다. 청소년기의 아이를 전혀 다른 시간표를 사용하는 새로운 학교로 전학시키고 아이가 새로운 일과에 바로 적응하기를 바라는 것은 분별이 없는 행동이라고 할 수 있었다. 그러는 대신 아이가 새로운 장소를 혼자 알아보도록 시간을 주면 아이는 훨씬 덜 긴장하게 될 것이 확실했다. 그러는 편이 훨씬 나았다.

이사를 하겠다고 마음먹는 사람은 아주 드물다. 더군다나 다른 도시로 거처를 옮기는 사람은 거의 찾아보기 어렵다. 여자아이에게 궁금한 것이 한두 가지가 아니었다.

"어디에서 왔어?"

"아스페르거에서 왔어." 머리칼을 오른쪽 귀 뒤로 넘기면서 여자아이가 대답했다.

"왜 이사한 거야?"

여자아이는 잠시 생각하는 눈치더니 대답했다.

"이 학교에서 재즈 분석 수업을 한다는 얘기를 들었거든. 재즈 분석 공부를 하고 싶었어. 그래서 엄마한테 전학시켜 달라고 했고 엄마가 허락하셨어. 그래서 부모님과 내가 이곳으로 이사를 한 거야."

"어떤 수업인데?"

"재즈의 화음과 작곡법과 즉흥 연주를 전문적으로 배우는 수업이야. 나는 색소폰 '디깅러'거든."

나는 여자아이가 하는 말을 전혀 알아들을 수 없었다. 그것이 음악과 관련 있다는 것만 겨우 이해했다.

"음악 좋아하니?"

물어보고 나자마자 나는 손바닥으로 내 이마를 세게 쳤다. *바보 같으니! 케시 선생님이 이 말을 들었으면 너를 부끄러워했을 거야.*

"미안해. 사람들은 특별히 어떤 것을 좋아하는지, 좋아하지 않는지 말로 표현하는 걸 어려워하는데⋯. 나는 항상 좀더 섬세한 표현을 하면 좋겠다고 생각하거든. 그래서 정량적인 표현보다 정성적인 표현을 즐겨 쓰는 것 같아." 나는 말을 하면서 고개를 푹 수그리고 있었다.

나는 내가 바보 같다고 느껴져 말없이 손만 쳐다보았다. 여자아이가 깔깔대며 웃었다. 뭐가 그렇게 웃긴지 웃느라 몸이 점점 옆으로 기울어지더니 여자아이와 내 어깨가 부딪쳤다. 찌릿하고 전기가 내 몸을 훑고 지나갔다. 나는 얼어붙어 버린 것처럼 꼼짝도 할 수 없었다. *와우!*

"맞아. 난 음악을 정말 사랑해." 여자아이가 웃으면서 말했다.

나는 여자아이의 눈을 바라보았다. 초록색 눈동자에 홍채 둘레로 가느다랗게 금빛이 돌았다. 눈이 아름다웠다. 여자아이는 논리고 이유고 그런 것은 다 잊어버리게 만들었다. 현실적인 일들도 의미 따위도 다 중요하지 않았다.

"그럼 19시 정각?"

여자아이의 물음에 퍼뜩 정신이 들어 현실로 돌아왔다. 몇 분 동안 멍해진 나는 여자아이가 하는 말에 무조건 응응 하고 대답하는 중이었다. 마치 결혼해서 25년은 산 부부처럼.

"뭐라고?"

"우리 19시 정각에 아디네 음반 가게 앞에서 만나는 거 말이야." 여자아이가 또박또박 다시 말해 주었다.

"어, 그래! 그래, 아마 엄청 재미있을 거야. 그러니까 내 말은, 네가 재미있는 거면 나한테도 재미있을 거라는 말이야."

제발, 입 좀 다물어라.

여자아이는 나를 뚫어지게 한참 쳐다보았다.

"그럼 오늘 저녁에 만나는 거지?"

"어, 어 그래. 오늘 저녁에 보자." 나는 어정쩡하게 대답했다.

내 대답을 들은 여자아이는 일어서서 자리를 떠났다. 커다란 돌이 잔뜩 들어 있는 자루를 통째로 삼켜 버린 기분이 들었다. 배가 점점 조여들었다. 뭔지 모를 흥미로우면서 격렬한 감정을 다스릴 수가 없었다. 햇빛이 너무 강렬해 손으로 눈을 가리고는 길게 한숨을 내쉬었다.

내 멋대로 교실을 나와 버린 것 때문에 일주일 동안 케시 선생님과 상담을 해야 하겠지만 지금은 그런 건 어떻게 되든 상관없었다. 한 번도 경험해 보지 못한 기이한 느낌이 내 몸을 타고 흘렀다. 낯선 느낌 때문에 나는 엄청난 불안감에 사로잡혔다. 발밑에 있는 가방을 끌어당겼다. 전날 얼려 가져온 물병을 꺼내 얼음물을 얼굴과 팔, 다리에 부었다. 온몸에 퍼진 이상한 느낌을 몰아내고 싶었다. 하지만 소용없었다. 여전히 배가 풀떡거리고 당장이라도 고함을 지르면서 사방으로 내달리고 싶어서 몸이 들썩였다. 그때 갑자기 내 얼굴에 그림자가 드리워졌다. 햇빛을 가리고 있는 것은 내 손이 아니었다.

"네 이름을 물어봤어야 했는데 깜박했네." 내 앞쪽으로 몸을 숙이며 여자아이가 말했다.

심장 박동이 더 빨라졌다. 나는 운동장 스탠드에 물과 얼음을 뒤집어쓴 채 길게 누워 있었다. 갈색 머리칼은 물에 젖어 머리에 착 달라붙어 있었다. 여자아이가 나를 빤히 쳐다보았다.

"내 이름은 기욤, 기욤 캐너야. 너는?"

"그레이스. 그레이스 웨이크필드야. 만나서 반갑다."

"그래, 반가워."

그레이스구나….

실험실 쥐

나는 또 케시 선생님을 만나야 했다. 학교 건물 안으로 다시 들어왔을 때 이미 선생님이 복도 끝에서 나를 기다리고 있었다. 선생님은 오늘도 검고 긴 머리를 잘 빗어 머리 꼭대기에 단단히 틀어 올리고 있었다. 단 한 올도 흘러내린 머리카락이 없었다.

한번은 내가 그런 머리는 어떻게 하는 거냐고 물어본 적이 있다. 선생님은 머리를 빗는 데 한 시간이 걸린다고 했다. 그리고 머리카락이 한 가닥이라도 흘러내리지 않게 하려고 아침마다 젤을 몇 통씩 쓴다고 털어놓았다. 흐트러짐 없이 손질된 머리 모양 때문에 선생님의 갸름한 얼굴은 엄격해 보였다. 선생님은 부드럽고 온화해 보이려고 화장을 한다고 했다. 그렇다면 화장은 전혀 도움이 되지 않았다. 선생님의 미학적 신념을 난 평생 노력한다고 해도 이해하지 못할 것 같았다.

나의 신경정신과 주치의인 케시 선생님은 팔짱을 끼고 다리를 약간 벌려 몸에 힘을 주고 버티고 서서 나를 살피듯 똑바로 쳐다보았다. 선생님은 말없이 몸짓으로 말하고 있었다. 우리가 당장 대화를 나누어야 하는데 지금 여기서 말하고 싶지는 않다고.

이런 일은 늘 있었던 터라 나는 젖은 머리칼을 손으로 넘기면서 순순히 선생님을 뒤따라갔다. 선생님은 나를 외진 곳에 있는 방으로 데려갔다. 방에는 검은색 가죽으로 된 안락의자 두 개가 마주보고 있었다. 의자는 움직이지 않게 바닥에 고정되어 있었고, 벽은 네 면이 모두 연한 청색으로 칠해져 있었다. 이런 색은 16진수 컬러 코드 분류에 따르면 #3AAACF였다. 어떤 경우에는 RGB 색상표를 이용하기도 하는데 RGB 색상표로는 58, 170, 207번 색상이라고 할 수 있겠다. 어떤 분류 방식을 선호하느냐에 따라 다른 이름이 붙었다.

케시 선생님은 가방을 바닥에 내려놓고 의자에 앉았다. 가방 안에 뭐가 있는지 보지 않아도 훤히 알고 있다. 가방 안에는 필통, 수첩, 거울, 화장품 파우치, 태블릿 그리고 엄청난 양의 서류가 들어 있다. 당연히 나에 관한 서류였다.

선생님은 희고 깨끗한 가운을 손바닥으로 문질러 주름을 폈다. 가운 안쪽에 #FFBA00인 노란색 원피스를 입고 있었다. 선생님은 8시부터 17시까지 가운을 절대 벗지 않는다. 선생님은 가운처럼 상징이 되어 주는 물건이 비슷한 일을 하는 사람들을 서로 알아보게 해 준다고 몇 년 전에 내게 알려 주었다. 하지만 몇몇 사람들이 상징적인 어떤 것을 다른 사람들과 자신들을 구분 짓기 위해 사용할 때 문제가 생긴다고, 그럴 때 갈등이 생길 수 있다는 것도 강조해서 말했었다.

"우리가 왜 이 방에 와 있는지 너는 알고 있지?" 선생님은 늘 하던 질문을 던졌다.

"내가 수업 중에 교실에서 나가서 그런 거겠죠." 나는 의자에 앉으면서 대답했다.

"왜 수업 중에 교실에서 나갔니?"

"그러면 왜 안 되나요?"

선생님은 아무 말도 하지 않고 내 얼굴을 뚫어지게 쳐다보았다. 나는 웃었다.

"케시 선생님, 나는 수업이 정말 싫어요. 아무 도움도 안 돼요. 쓸모없는 것을 가르치고 있다고요. 다윈의 진화론이 마트에서 물건값을 계산할 때 도움이 될 거라고 생각하세요?"

"너 지금 수사적 질문을 던진 거니?"

나는 한숨을 내쉬었다. 대부분의 사람들이 수사적 질문을 잘 이해하지 못한다는 것을 알고 있었다. 그래서 되도록이면 분명하게 내 뜻을 전할 수 있게 말해야 했다. 문장을 장황하게 꾸며 말하면 안 되었다.

"다윈의 진화론은 내가 마트에서 계산원으로 일할 때 절대로 도움이 되지 않을 거예요."

"그래, 맞는 말이지." 선생님은 내 생각이 맞다고 인정하면서 코 위에 걸쳐진 각진 안경을 고쳐 썼다.

"하지만 마트에서 일하는 것 말고, 네가 진정으로 원하는 일을 하고 싶다면…."

"그런 건 불가능해요. 날 보세요. 나는 너무 뒤처져 있어요. 그리고 말도 너무 많아요. 횡설수설하고 말을 제대로 못하니까, 사람들은 내가 무슨 말을 하고 싶은지 전혀 이해하지 못해요. 아무도 내 친구가 되고 싶어 하지 않아요. 그런데도 선생님은 내가 정말 나중에 괜찮은 직업을 가질 수 있다고 생각하세요?" 나는 선생님이 말하는 중간에 끼어들었다.

선생님의 눈썹이 치켜 올라갔다.

"불가능해요. 나는 절대로 정상이 되지 못할 테니까요. 뭘 해도 소용없어요."

나는 가운뎃손가락으로 왼쪽 귀 뒤에 패치를 붙였다. 이 패치에는 과잉행동을 진정시키고 집중을 도와주는 약 성분이 들어 있다고 했다. 하지만 패치를 붙이면 구역질이 났다. 약사 말로는 4주에서 6주 정도가 지나야 약효가 나타난다고 했다. 3주 정도 패치를 붙이고 있으면 솔직히 말해, 계속 패치를 붙이다가는 얼마 못 살 것 같다는 생각이 들었다.

아마도 치료의 현실적 목표는 사회에서 달갑지 않은 존재들을 제거하는 데 있을지도 몰랐다. 이 패치는 현실적 목표에 효과적이었다.

내가 윙 증후군 진단을 받았을 때 엄마 아빠는 나를 '치료' 하려고 온갖 방법을 다 써 봤다. 나는 시키는 대로 다 했다. 하지만 결국 아무 효과가 없었다. 차라리 나를 포기하는 것이 가장 빠른 방법이었을 텐데….

처음에 엄마 아빠는 내가 사랑을 너무 많이 받아서 나약해 졌다고 생각했다. 나한테 너무 많은 관심을 쏟은 자신들 탓이라고 자학했다. 그래서 나를 떼어놓기로 했다. 몇 주 동안 부모님은 하루종일 나를 혼자 두었다. 먹여 주고, 화장실에 데려가고 장난감과 책을 쥐어주는 기본적인 것만 해 주었다. 그때 나는 네 살이었다. 나는 몰랐지만, 부모님은 방구석에 숨겨 놓은 카메라로 나를 지켜보고 있었다.

나는 엄마 아빠가 나한테 왜 그렇게 하는지 이해하지 못했다. 그래서 슬펐다. 먹을 것을 가지고 들어온 엄마가 다시 나가 버리는 것이 싫어서 울고 소리를 질렀다. 나는 엄마가 필요했다. 아무하고나 말을 하고 싶었다. 사람들이 그리웠다. 동생 윌리엄이 가장 보고 싶었다. 하지만 아무리 울고 소리를 질러도 엄마는 내 말을 들어주지 않았다.

가끔 엄마의 뺨에 눈물이 흐르는 것을 보았다. 내가 엄마를 실망시켰다고 생각했다. 내가 무력하다는 느낌이 들었다. 한 달이 지나자, 엄마가 식사를 가지고 방에 들어와도 나는 침대에 누워 조용히 울기만 했다. 음식은 거들떠보지도 않았다. 먹지 않은 음식들이 쌓여 갔다.

5주 만에 내가 영양실조로 아프기 시작하자, 엄마 아빠는 갑작스레 방법을 바꿨다. 나는 가족과 함께 식사할 수 있게 되었고, 방에서 나갈 수 있게 되었다. 아빠와 달리기를 하고 엄마와 텔레비전을 보고, 엄마가 다정하게 쓰다듬어 주기도 했다. 이제 무슨 일이든 해도 되었다.

말을 하다 실수라도 하면 또다시 혼자 있게 될까 봐 두려워서 아무한테도 말을 하지 않았다. 케시 선생님하고만 말을 했다. 선생님은 내 일상에 아무런 영향을 주지 않았다. 선생님과 함께 있으면 나는 정상일 수 있었다. 케시 선생님과 만날 때마다 나는 내 마음을 전부 털어놓았다. 누군가 내 말에 귀 기울여 준다는 것이 정말 행복했다.

하지만 이 시기에도 엄마 아빠는 나를 포기하지 않았다. 엄마 아빠는 인터넷에서 몇 년 전에 앤드류 박사가 발표한 논문을 찾아냈다. 논문에 따르면 나 같은 장애는 디프테리아, 백일해, 파상풍 백신을 접종하지 않아서 생긴 것이라고 했다.

저명한 전문가들이 한 다른 연구를 종합해 보면, 백신 속에 방부제로 사용되는 수은 유도체인 티메로살이 나와 같은 사례를 치료할 수 있을지도 모른다는 것이었다. 티메로살이 변하여 에틸 수은이 되고, 에틸 수은은 몸 안에 들어가 뇌 구조를 바꿀 수도 있다는 말이었다.

앤드류 박사의 이론이 틀렸고, 에틸 수은이 몸속에서 아주 빠르게 사라진다는 사실을 엄마 아빠는 몰랐다. 그런 사실을 모른 채 닥치는 대로 온갖 종류의 백신을 나에게 맞혔다. 어떤 날에는 팔과 엉덩이가 바늘 자국으로 뒤덮일 만큼 많은 주사를 맞아야 했다. 어떤 백신은 오히려 나를 심하게 앓게 만들었다. 나는 정기적으로 며칠씩 열이 심하게 나서 하루 종일 침대에 누워서 지내야 했다. 어떤 백신은 맞고 나서 근육에 마비가 오기도 했다. 세 시간 동안 팔을 움직일 수 없었던 적도 있었다.

이건 고문이나 다를 게 없었다. 고문과 다른 점은 나를 학대하는 사람들이 잘못된 확신에 빠져 있고, 나를 위해서 한 일이라는 것뿐이었다.

케시 선생님이 어린이 보호 담당 부서에 연락하겠다고 엄마 아빠에게 으름장을 놓기도 하고, 이러면 어린 아들에게 돌이킬 수 없는 트라우마가 생긴다고 설득해서 겨우 그 일을 멈추게 만들었다. 하지만 엄마 아빠는 어떻게든 나를 치료하고 싶어 했다. 선생님은 나를 치료한다는 건 사람을 물병으로 바꾸려는 것만큼 비현실적인 일이라고 되풀이해서 말했다.

나를 치료할 수 있다면 사람을 물병으로 만들 방법이라도 찾아낼 기세인 엄마 아빠에게 선생님은 식단을 바꿔 보면 어떻겠냐고 제안했다. 선생님은 많은 검증을 거친 한 가지 이론에 근거해 그런 제안을 했다. 단백질은 소화될 때 더 작은 입자로 변한다. 작은 입자가 되어야 쉽게 장을 통과하고 우리 몸에 흡수될 수 있다. 단백질은 일차적으로 펩티드가 되고 다시 분해되어 마침내 아미노산이 되는 과정을 거치면서 장을 통과하고 우리 몸에 흡수된다.

당연히 그 당시에 나는 그런 원리를 이해하지 못했다. 너무 어려서 많은 정보를 논리적으로 이해하고 기억할 수 없었다. 몇 년이 지난 뒤에 케시 선생님은 나에게 다시 설명해 주었다.

선생님의 설명은 아주 흥미로웠다. 정상인 사람들은 젖에 들어 있는 중요한 단백질인 카제인 단백질과 밀가루에 많이 들어 있는 글루텐 단백질을 완전히 작은 입자로 분해하지 않는다. 또 이들의 장 내벽은 나의 장 내벽보다 훨씬 더 단백질이 통과하기 쉽다. 그러니까 정상인 사람들의 몸은 단백질을 아미노산이 아닌 펩티드 상태로 흡수한다는 것이다.

결론을 말하자면 펩티드가 많으면 뇌가 건강하게 작동한다. 그런데 나의 경우에는 카제인과 글루텐을 정상인 만큼 섭취하면 펩티드가 아미노산으로 분해되어 버렸다. 나의 뇌를 정상적으로 작동할 수 있게 하려면 펩티드 과잉 상태를 만들어야 하고, 그러기 위해 나는 아주 많은 양을 먹어야 했다.

그래서 몇 달 동안 나는 엄청난 양의 과자, 아이스크림, 초콜릿 크루아상을 먹었다. 우유와 밀가루가 들어 있는 것이면 뭐든지 많이 먹었다. 비타민이 부족해지지 않도록 캡슐로 된 비타민도 먹었다. 하지만 체중이 늘고 숨쉬기가 어려워지고 고혈압 위험성만 키웠을 뿐 뇌에는 아무런 변화가 없었다.

여섯 번째 생일을 맞았을 때 엄마 아빠는 마침내 단념했다. 늘어난 체중을 줄이는 데 몇 년이 걸렸다. 그 이후로 부모님은 케시 선생님의 조언만 듣게 되었다.

물론 과학계에서는 새로운 치료법을 발표할 때마다 나를 데려다 임상 실험을 하고 싶어서 안달했다. 나는 9번 환자였다. 그리고 윙 증후군이 있는 아홉 명 중에서 아직 죽지 않았고, 윙 증후군 말고는 다른 질병이 없는 유일한 환자가 나였다. 나는 내가 죽기를 애타게 기다리고 있었다. 하지만 죽기 전까지 나는 실험실의 쥐로 쓸모가 있었다.

어쨌든 내 책상 위에는 늘 같은 자리에 서류철이 놓여 있었다. 실험을 해 보자는 제안을 받는 즉시 거절해서 연구자들을 번번이 실망시켰지만 나는 제안 받은 서류들은 모아 놓고 있었다. 제안을 받을 때마다 내가 물어보는 것은 딱 한 가지였다. "실험할 때 주사 바늘을 쓰나요?" 그렇다고 하면 즉시 거절했다. 그들은 모두 똑같은 말을 되풀이했다. "너는 치료할 기회를 놓치고 있는 거야." 그런 말에 내가 흔들리는지 어떤지 잘 모르겠다. 마음 깊은 곳에 정말로 다른 사람들처럼 되고 싶은 마음이 있는지도 잘 모르겠다.

나는 견딜 수가 없었다. 내 방식으로 말하고 싶었다. 내 방식으로 생각하고 싶었다. 더 이상 뇌가 제대로 작동하지 않는다는 말은 듣고 싶지 않았다. 나의 목소리가 시의 강물처럼 흘러나오고 사람들이 그 강물을 받아 마셔 주기를 바랐다. 하지만 그들이 보기에 나는 독물을 토해 내고 있었다. 나는 오류였다. 완전히 오류였다. 인간이 항상 완벽하지는 않다는 증거였다.

사회에는 양심이라는 게 있었다. 그래서 나를 제거하지 않았다. 하지만 한편으로 사회에는 자부심도 있었다. 자부심 때문에 나를 싫어했다. 내가 사회의 평판을 더럽히고 있었기 때문이다.

케시 선생님이 손가락을 튕겨 소리를 냈다. 깊은 생각에 잠겨 있던 내가 선생님을 바라보았다.

"왜요?"

"오늘 만났다는 사람 이야기 좀 해 봐."

"어떤 여자아이가 내게 말을 걸었어요." 내가 웃으면서 말했다.

"상냥한 아이였니?"

"내 말을 잘 들어줬어요. 오늘 저녁에 다시 만나기로 했어요."

"네가 평소에 다른 사람들과 상호작용하던 방식하고는 좀 달랐구나. 기분이 좋았던 모양이네." 케시 선생님이 말했다.

케시 선생님의 말을 듣자 마음이 아파왔다. 내가 사회적인 관계를 잘 맺지 못한다는 사실을 떠올릴 때마다 기분이 썩 좋지 않았다. 하지만 현실이 그랬다. 아무도 내 말에 귀를 기울이지 않았다. 대체로 사람들은 나를 바보 취급했다.

"음… 그 애는 나를 정상인 사람처럼 대해 줬어요. 그래서 좋았어요."

"그 애를 다시 만나고 싶니?"

"모르겠어요. 그 애를 보면 이상한 느낌이 들어요." 나는 솔직하게 털어놓았다.

"이상하다니?" 케시 선생님이 되물었다. 선생님은 계속해서 발로 리듬을 맞추며 딱딱 소리를 내고 있었다.

"은유적으로 표현하자면 내가 그 애한테 말을 할 때 심장 박동이 빨라졌어요. 몸이 뜨거워지고 배가 조여드는 것 같았어요."

"그런 느낌이 드는 게 싫었니?"

"모르겠어요. 아주 빠르게 돌아가는 회전목마를 탄 것 같았죠. 신나지만 무섭기도 했어요."

"넌 그 애를 다시 만나 봐야 해."

케시 선생님과 대화를 나누면서 선생님이 신경정신과 주치의가 아니라 나의 가장 친한 친구 같았다.

"왜 다시 만나야 해요?"

"다시 만나지 않아야 하는 이유가 있니?"

나는 아무 말도 하지 않았다.

아디와 이자야

17시 14분, 저녁 식사를 마쳤다. 나는 엄마 아빠와 윌리엄에게 19시에 그레이스를 만나러 아디네 음반 가게에 간다고 말했다. 깜짝 놀란 윌리엄은 스테이크가 목에 걸리는 바람에 숨이 막혀 캑캑거렸다.

"여자애라고? 말도 안 돼." 윌리엄이 큰 소리로 말했다. 그는 눈물이 나올 정도로 웃어 댔다.

나는 윌리엄의 뒤통수를 때렸다.

"잘 됐구나. 그 애가 너를 좋게 본 것 같니?" 식탁을 치우던 엄마가 윌리엄을 말리며 말했다.

"나는 거의 말을 하지 않았어요. 그 애가 먼저 만나자고 한 거예요. 아무래도 나를 좋게 본 것 같아요." 나는 엄마에게 컵을 건네주면서 솔직하게 대답했다.

아빠가 미소를 지었다.

"22시에 전화해서 잘 있는지 말해 주기만 하면 된다. 갈 때 버스를 타렴. 조심하고."

"알겠어요."

설거지를 마친 다음 위층으로 올라가 외출 준비를 시작했다. 샤워를 하고, 이는 아주 오래도록 닦았다. 갈색 머리칼은 잘 빗어 넘기려 했지만, 뻣뻣해서 말을 듣지 않았다. 결국 젤을 잔뜩 발라 보기 좋게 세웠다. 그러고 나서 거울 앞에 서서 꼼꼼히 내 모습을 점검했다.

눈은 회색빛이고 가늘고 긴 아몬드 모양이다. 코는 좀 큰 편이고 입술은 통통하다. 오늘은 안색이 평소보다 창백해 보였다. 더운물로 얼굴을 신경질적으로 닦아 봤지만, 더 이상 어떻게 할 수 없어 멋을 부리는 것은 포기했다. 모자가 달린 코듀로이 재킷의 주머니에 태블릿을 넣고 돈을 챙긴 다음 집을 나섰다.

18시 59분, 나는 아디네 음반 가게 앞에 서 있었다. 겉으로는 느긋한 표정을 짓고 있었지만, 사실은 잔뜩 긴장하고 있었다. 멀리서 흰 외투를 입은 여자아이가 걸어오는 게 보였다. 금발 머리가 바람에 흩날렸다. 머리칼이 왼쪽에서 오른쪽으로 날리고 있었다. 우리 사이의 거리가 5미터 남짓 떨어져 있을 때 나는 아는 척을 하려고 팔을 높이 치켜들었다.

"안녕." 바람에 날리는 머리칼을 매만지며 여자아이가 인사했다.

"안녕, 잘 지냈지?" 나는 얼른 대답하고는 가게 문을 열고 먼저 들어가라고 했다.

"응, 너는 잘 지냈어?"

여자아이의 대답에 나는 깜짝 놀라서 잠시 꼼짝할 수 없었다. 그 사이에 여자아이는 가게 안으로 들어갔다.

나한테 잘 지냈느냐고 되물은 거야?

"어…, 나도 잘 지냈지."

뒤따라 가게 안으로 들어간 나는 문 앞에 놓인 양탄자에 발을 닦았다. 가게 안은 먼지 냄새, 바닐라와 당근 냄새로 가득 차 있었다. 가게가 제법 컸는데도 그렇게 넓어 보이지 않았다. 열 개도 넘는 삼나무 진열대에 알파벳 순서로 분류해 놓은 음반들이 미어터질 정도로 가득 차 있었다. 헤비메탈 팬들의 취향부터 젊은 블루스 연주자의 취향까지 그야말로 모든 취향의 음반들을 다 갖추고 있었다.

왼편에 아주 커다랗고 낡은 계산대가 있었다. 이자야는 매일 새로 들어오는 음반을 정리하느라 바빠서 계산대에 붙어 있다시피 했다. 그의 회색빛 머리칼이 잘 다듬은 숱 많은 수염과 자연스럽게 이어져 있었다. 칙칙한 피부와 갈색 눈 아래에 자글자글한 주름이 그가 살아온 시간을 짐작하게 했다. 갈색 눈도 빛을 잃은 지 오래였다. 그의 오른편에 놓인 계산기와 레코드플레이어 사이에 유리 종이 있고, 유리 종 아래에 과자 한 개가 놓여 있었다. 과자는 언제나 그 자리에 있었던 것처럼 보였다.

한쪽 구석에 이탈리아 국기가 벽의 윗면을 차지하고 있었다. 국기 옆자리는 50년 전 신문기사들을 하나씩 정성스럽게 넣어 놓은 액자들이 벽을 뒤덮을 정도로 많이 걸려 있었다.

국기 아래에는 나무 의자 두 개가 있었는데 당장이라도 주저앉을 것 같은 모양새로 먼지가 잔뜩 쌓여 있었다. 나머지 벽들은 텅 비어 있었다. 채색된 벽지는 조금씩 부스러질 정도로 낡았다. 과거에 어떤 일이 있었는지 잘 모르는 사람에게는 가게의 모양새가 언뜻 이상해 보일 수 있었다.

그레이스는 당장에 음반 진열대 쪽으로 달려갔다. 그리고 음반 하나를 집어 들더니 재킷 뒤쪽을 유심히 살피고는 다시 제자리에 내려놓았다. 나는 머리를 한쪽으로 기울이고 있는 그레이스의 모습을 유심히 바라보았다.

"왜 그래?"

"여기 오니까 네가 어린애 같아." 난 느낀 대로 솔직하게 말했다.

"누구나 그렇게 되지 않을까? 이 가게는 음악의 신전이야."

"신전이라고? 과장이 너무 심한 거 아니야?"

"이걸 좀 봐!" 그레이스는 오래된 음반 하나를 집어서 내 손에 쥐어 주며 소리쳤다.

음반 재킷을 힐끗 쳐다보았다. 정장을 차려입은 흑인 남자가 눈을 감고 트럼펫을 불고 있었다. 그레이스는 내게 음반을 주었다가 금세 다시 가져가며 열띤 어조로 음반에 대해 줄줄이 설명을 늘어놓았다.

"이건 재즈 역사를 통틀어 가장 위대한 음반 중 하나야. 놀랍게도 작곡자가 뮤지션들에게 이 곡을 연습 없이 녹음하게 했대. 전설적인 음반이지. 그는 음계와 멜로디 라인을 들려주고 즉석에서 연주하라고 했어. 뮤지션들에게 뛰어난 재능이 있었으니까 이렇게 수준 높고 멋진 음반이 나올 수 있었던 거야. 재즈 분야에서 이 작곡가는 남다른 감각을 가지고 있었던 거지. 그는 천재였어!"

"와우, 이 음반에 대해서 전부 꿰고 있구나!"

"나한테는 재즈가 전부야." 그레이스가 대답했다.

그레이스는 다른 음반을 집어 들었다. 나는 바로 전에 그레이스가 보여 준 음반 이름을 잘 기억해 두어야겠다고 마음먹었다. 그레이스를 따라서 나도 음반들 사이를 돌아다니기 시작했다. 그러다 생각지도 않게 오래된 정통 록을 발견하는 횡재를 했다. 핑크 플로이드, 롤링 스톤스, 퀸이 거기 있었다.

"록 좋아해?" 그레이스가 물었다.

나는 《더 월스》를 손에 들고 그레이스 쪽으로 돌아섰다.

"이 음반 들어 본 적 있어?"

"아니, 한 번도 들어 본 적 없어. 관심을 가져 본 적이 없어서." 그레이스가 대답했다.

"말도 안 돼! 이건 역사상 가장 위대한 록 음반 중 하나야."

내가 놀라서 소리쳤다. 나는 음반을 다시 제자리에 놓았다.

"나한테 뭐라고 하지 마. 나는 재즈만 좋아해."

"사람들은 모두 록을 좋아하지." 이자야가 끼어들었다.

음반 가게 주인은 음반을 소중히 모시듯 들고 있었다. 음반을 지키는 수호천사가 따로 없었다. 그는 음반에 대해 계속 설명하면서 계산대 쪽으로 걸어왔다. 나무 지팡이가 바닥을 치는 소리가 음악에 리듬을 맞추는 것처럼 끊이지 않고 계속 되었다.

"《더 웍스》는 퀸이 원래의 퀸으로 돌아갔음을 보여 주지. 1984년에 나온 열한 번째 정규 음반이야. 1980년대의 팝이 섞여 있고 신디사이저와 전통 악기들이 완벽한 조화를 이루었어. 1982년에 나온 《핫 스페이스》는 내가 듣기에는 너무 펑키 음악이야. 《더 웍스》가 나오면서 사람들은 퀸이 다시 동시대 음악에 정착하면서도 그들의 고유한 개성을 지키려고 노력했다는 걸 인정하게 되었지." 이자야가 설명을 마치고, 음반의 여섯 번째 트랙에 바늘을 올려놓으며 볼륨을 최대로 올렸다.

음악은 서서히 가게 안을 가득 채웠다. 〈아이 원트 투 브레이크 프리〉가 내 귀에 스며들면서 내 가슴이 부풀어 올랐다. 나는 힘껏 소리를 지르고 싶었다. 내 안에 있는 공기를 모두 뱉어 내고 나를 비워 버리고 싶었다. 그레이스가 나무 막대 두 개를 집어 들더니 진열대를 두드리며 리듬을 맞추었다. 나는 기타를 들고 있는 것처럼 기타 연주 흉내를 냈다. 이자야는 저음의 목소리로 노래를 부르기 시작했다. 웃음이 나오는 듯 그의 입꼬리가 올라갔다.

우리는 연달아 그룹 퀸의 다른 히트곡들을 모두 들었다. 그런 다음 하드 록 밴드 키스의 노래로 넘어갔다. 나의 가짜 기타 연주는 이따금 삑사리가 났고, 그것을 덮어 주려고 그레이스가 두들기는 나무 막대의 속도가 빨라졌다. 그러면서 그레이스는 '우리는 공범이야'라고 말하는 듯한 눈길로 나를 쳐다보았다.

한 시간쯤 지나 노래의 마지막 소절이 끝났을 때가 되어서야 우리는 가짜 연주를 멈췄다. 나는 땀에 푹 젖어서 숨을 몰아쉬었다. 놀랍게도 살면서 이런 기분은 처음 느껴 보았다. 나는 가짜 기타를 바닥에 내팽개치는 몸짓을 하고는 무릎을 꿇고 앉았다. 그레이스가 음반 진열대에 등을 기대고 내 옆에 앉았다. 나이 든 음반 가게 주인은 우리보다 훨씬 더 지쳐서 숨을 거칠게 몰아쉬면서 우리를 쳐다보고 있었다. 한참이 지나서야 거친 숨소리가 잦아들었다.

"50년 동안 여길 찾아온 손님 중에 아마도 너희가 최고인 것 같다." 그가 웃으면서 우리를 치켜세웠다.

이자야는 주머니에서 피크(기타 칠 때 쓰는 플라스틱 조각)를 꺼냈다. 기타 피크에는 은으로 된 줄이 매달려 있었다. 그는 그것을 오래도록 바라보았다. 우리는 일어섰다. 그가 왜 그러는지 영문을 몰라 당황스러웠다. 그는 피크를 그레이스에게 내밀었다. 그의 눈이 반짝였다.

"목에 걸어 봐."

그레이스는 순순히 피크를 목에 걸었다. 이번에는 이자야가 나를 손가락으로 가리켰다.

"네가 옆에 딱 붙어서 언제까지나 이 목걸이를 지켜 줘. 그러겠다고 약속해라."

"목걸이를 가지고 있는 사람은 그레이스인데요." 나는 투덜댔다.

"그러니까 지켜 줘야지."

그레이스와 나는 음반 가게에서 나와 길을 걸었다. 벌써 밤이 되었지만 도시는 쉽게 잠들 생각이 없었다. 상점의 진열장마다 크리스마스 전구가 깜박거리며 반짝였다. 거리에서 뭐라 설명할 수 없는 냄새가 났다. 쾌쾌한 벽돌 냄새, 감자튀김 냄새, 오래된 가죽 냄새가 뒤섞인 냄새였다. 식당 앞에서 젊은 여자들이 메뉴를 보여 주며 손님들을 불러 모으고 있었다. 우리가 걸어온 길 끝에 광장이 있었다.

우리는 나무로 만들어 놓은 무대에 앉았다. 무대 옆에는 아이스 링크가 있었다. 그리고 무대 오른쪽으로는 뮤직 하우스가 돌계단 꼭대기는 늘 자기 자리였다는 듯 당당한 모습으로 서 있었다. 우리 왼편으로 수십 명의 커플이 공연예술극장에서 나오고 있었다. 그들은 방금 보고 나온 공연 이야기를 나누면서 각자 집으로 흩어져 갔다. 밤공기는 따스하고 가벼웠다. 여기에 있으니 우리가 그 누구도 아닌 것처럼 느껴졌다. 우리는 정신이 맑아졌다.

12월치고는 날씨가 따뜻했지만, 모직 외투를 입은 그레이스가 덜덜 떨고 있었다.

"추워?"

"아니."

"거짓말을 잘 못하는구나."

그레이스가 재미있다는 듯 나를 쳐다보았다. 그레이스의 초록색 눈동자가 빛났다. 거리의 모든 크리스마스 전구들이 그레이스의 눈동자에서 빛나고 있었다. 나는 목에 두르고 있던 푸른색 목도리를 풀었다.

"넌 참 다정해." 그레이스가 속삭였다.

"나한테 중요한 사람에게만 다정하지." 내가 정확하게 고쳐 말했다.

말해 놓고 어색해져서 얼른 고개를 떨어뜨렸다. 그레이스가 웃었다. 그러더니 다른 얘기를 꺼냈다.

"그런데 왜 음반 가게 안에 과자가 있었을까?"

그 이야기가 나왔군.

"너는 이자야한테 무슨 일이 있었는지 모를 거야."

그레이스가 대답도 하기 전에 나는 이자야에 대한 이야기를 시작했다.

"이자야도 머리칼이 밤처럼 까맸던 시절이 있었지. 이자야의 몸에 시간의 흔적들이 새겨지기 전에 있었던 이야기야. 이자야가 처음부터 음반 가게 주인은 아니었어. 그는 요리사로 일했어. 분자 요리로 꽤 이름을 날리는 사람이었지. 그의 요리법 때문에 레스토랑도 유명해졌어. 그의 레스토랑은 도시에 우뚝 솟은 고층 건물이었으니까 레스토랑을 찾다가 길을 잃을 일은 절대로 없었어. 도시의 한가운데에 있는 레스토랑은 음악과 과학을 서빙하는 레스토랑이었어. 손님들은 지역에서 활동하는 밴드의 노래를 들으면서 식사를 할 수 있었거든. 어느 밴드나 딱 하룻밤만 공연하기로 계약을 맺었어. 그렇게 딱 하룻밤 음악 공연을 하고, 사람들에게 호응을 받은 뮤지션들만 계약을 연장할 수 있었어. 음악과 과학의 조합은 완벽했지. 밤마다 수백 명의 손님이 세련된 방식으로 감각을 자극하는 이곳을 찾았어."

요리사로 유명세를 타고 있던 이자야는 그날의 마지막 음식을 만들어서 내보내고 나면 요리사 모자를 벗었다. 그런 다음 자기가 가장 좋아하는 바닐라 크림을 얹은 당근 케이크를 디저트로 먹으면서 공연을 봤다. 당근 케이크는 일반적인 레시피에 요리사의 비법이 더해져 특별한 맛을 내는 디저트였다.

어느 날 밤 콜렉터라는 그룹이 공연을 했다. 사람들의 마음을 사로잡는 멜로디였다. 천천히 마음에 스며들어서 밤새 춤을 추고 싶게 만드는 멜로디였다. 가사를 알아듣지 못해도 상관이 없었다. 콜렉터 밴드의 리드 보컬이 노래를 부르면 모두가 저절로 멜로디를 흥얼거리게 되었다. 리드 보컬은 모두의 관심을 독차지했다. 그녀가 마이크를 손에 들고 깡충 뛸 때면 네온 빛을 받아 반짝이는 그녀의 빨강 머리는 하늘을 나는 것처럼 나풀거렸다. 무엇을 해도 말릴 수 없을 것 같은 그녀의 이름은 '아디'였다.

그날 밤 이자야는 당근 케이크에 손도 대지 않았다. 아디의 목소리에 빠져든 이자야는 불타는 듯한 그녀의 머리칼만 쳐다보고 있었다. 완전히 마음을 빼앗겨 버렸다. 밴드가 마지막으로 부른 노래의 제목은 〈이탈리아〉였다. 아디는 많은 관객 앞에서 홀로 낡은 어쿠스틱 기타를 들고 나무 의자에 앉았다. 그녀 뒤에는 커다란 이탈리아 국기가 걸려 있었다. 주변의 불이 모두 꺼졌다. 무대에 선 아디는 마치 하늘에서 떨어진 천사 같았다. 그녀가 노래를 부르는 동안 젊은 요리사의 시간은 멈춰버렸다. 세상의 모든 소리가 사라지고 오로지 그녀의 목소리만 있을 뿐이었다. 그녀가 노래를 부르는 4분이 이자야의 삶에서 가장 아름다운 순간이었다. 노래의 마지막 음이 울리고 아디는 자신의 기타 피크를 던졌다. 이자야가 기타 피크를 잡았다. 이자야는 곧장 무대로 올라가 그녀에게 피크를 돌려주었다.

"내가 디저트를 대접하고 싶은데 같이 먹을래요?" 요리사는 노래가 감동적이었다고 말한 다음 그녀에게 제안했다.

여자의 푸른 눈이 이자야의 옷을 잠깐 살피고는 미소를 지었다. "당신이 바로 그 요리사군요. 함께 디저트를 먹을 수 있다면 제가 영광이에요." 그녀가 이자야의 제안을 받아들였다.

두 사람은 공연했던 무대의 이탈리아 국기 아래 앉아서 밤새 이야기를 나누었다. 아디는 바닐라 크림을 얹은 당근 케이크가 정말 맛있다고 감탄했다. 목소리가 더할 나위 없이 아름답다고 이자야가 말해 주어서 그녀는 기뻤다. 두 사람은 오래도록 자신들의 꿈과 미래에 대해 이야기했다.

스물한 살의 이자야는 이미 직업적으로 크게 성공해 최고의 자리에 있었다. 그의 재능은 이미 몇 년 전부터 인정받고 있었다. 그에 비해 아디는 이곳저곳을 전전하며 노래를 불러야 하는 처지였다. 하루하루 근근이 살아가고 있었다. 아디가 간절하게 이루고 싶은 꿈은 유럽을 순회하며 노래를 부르는 것이었다. 런던을 거쳐 파리에서 로마까지 돌아다니며 밴드 공연을 하는 것, 사람들에게 가장 인기 있는 밴드가 되는 것이 그녀의 꿈이었다.

그날 밤 레스토랑의 자리는 꽤 많이 비어 있었고, 그룹 컬렉터는 계약을 연장할 만큼 손님들에게 좋은 평을 받지 못했다. 그들은 노래 부를 곳을 찾아 다시 떠나야만 했다.

그런데 다음 날 아침 레스토랑 지배인이 아디에게 연락을 해서 일 년 계약을 하자고 했다. 컬렉터 밴드는 일주일 중 가장 손님이 많은 토요일 19시부터 노래를 하게 되었다. 레스토랑 측이 내건 유일한 조건은 공연 때마다 마지막 곡으로 〈이탈리아〉라는 노래를 불러야 한다는 것이었다. 아디는 도무지 믿을 수가 없었다. 그녀에게는 살면서 한 번 찾아올까 말까 한 기회였다. 그녀는 뜻밖에 찾아온 행운에 감사하며 기꺼이 계약하겠다고 했다. 이자야가 컬렉터와 계약을 연장하지 못하면 해고하겠다고 지배인을 협박했다는 사실을 아디는 전혀 몰랐다.

일 년 동안 토요일 밤마다 콘서트를 마친 뒤 이자야와 아디는 이탈리아 국기 아래에서 만났다. 젊은 요리사는 젊은 여자에게 바닐라 크림을 얹은 당근 케이크를 내놓았다. 아디는 당근 케이크를 다 먹은 다음에는 언제나 자기가 제일 좋아하는 음반 이야기를 이자야에게 했다. 두 사람은 좋아하는 음반들을 모으기 시작했고 잊어버리지 않게 종이에다가 음반의 이름을 써 두었다. 이따금 관리인은 무대에서 잠이 든 두 사람의 모습을 보기도 했다. 두 사람은 절대로 더 깊은 관계를 만들지 않았다. 굳이 그럴 필요가 없다고 생각했다.

그러던 어느 날 아디가 〈이탈리아〉를 부르기 시작했을 때 콜렉터 밴드는 에이전트에게 연락을 받았다. 몇 달 사이에 유명해진 콜렉터를 여러 음반 회사가 눈여겨보게 되었고, 그중 한 회사가 그들에게 유럽 순회공연을 제안했다. 물론 다른 밴드가 노래 부르기 전에 공연하는 것이었지만 그것은 잠시일 테고 콜렉터는 금방 유명해질 가능성이 있는 밴드였다. 유럽 순회공연은 유명한 밴드가 되기 위한 시작이었다.

그들은 너무 흥분해서 아디의 노래가 끝나기도 전에 순회

공연을 하겠다고 대답했다. 밴드 보컬인 아디에게 알리지도 않은 상태에서 결정해 버렸다. 이거야말로 아디가 항상 원하던 거니까.

그들은 서둘러 떠나야 했다. 이미 순회공연을 떠나려는 일행이 레스토랑 근처에서 그들을 기다리고 있었다. 그들은 순식간에 짐을 꾸렸다. 아디가 〈이탈리아〉를 다 부르자마자 드러머가 무대로 달려가 마이크와 기타를 챙기면서 5분 뒤 공항으로 떠나야 한다고 아디에게 알렸다. 그렇게 콜렉터 밴드와 피송 레스토랑의 계약은 끝이 났다.

아디는 눈물을 흘리며 목에 걸고 있던 기타 피크를 풀었다. 처음 만난 날 밤에 이자야가 받았던 기타 피크였다. 구석 쪽에 있던 이자야는 뭔가 잘못되어 가고 있다는 것을 알아챘다. 밴드 멤버들은 그녀가 울자 무척 당황했다. 이자야는 아디가 무대를 달려 내려갈 때 반짝거리는 뭔가가 바닥에 떨어지는 것을 멀리서 보았다. 요리사는 그녀를 쫓아가려고 했지만 이미 너무 늦었다.

이자야는 무대 위에 떨어져 있는 목걸이를 발견했다. 아디는 지워지지 않는 펠트펜으로 피크에 뭔가 써 놓았다. 그건

'난 돌아오고 싶어'라는 세 마디 말이었다.

　그렇게 써 놓았다고 해서 그녀가 돌아오리라는 보장은 없었다. 두 사람이 사랑을 약속한 것도 아니었다. 하지만 이자야에게 그런 것은 아무 상관이 없었다. 그에게는 꼭 붙잡고 있는 무엇인가가 있었다.

　다음 주 월요일, 밴드가 서둘러 떠난 이유를 알게 된 이자야는 레스토랑을 그만두었다. 그리고 모아 둔 돈으로 가게를 열었다. 몇 달 뒤에 레스토랑이 파산을 하고 문을 닫게 될 거라고는 예상하지 못했다. 가게의 벽에는 레스토랑 무대 뒤에 걸려 있던 이탈리아 국기를 가져다가 걸었다. 그 옆에는 콜렉터 밴드가 나오는 기사를 붙여 두었다. 그는 여러 해 동안 찾아낼 수 있는 기사는 모두 모았다. 이자야는 콜렉터의 인기가 많아지고 유명해지는 모습을 지켜보았다. 뭐에 홀린 사람처럼 그들의 음악에 집착했고, 콜렉터의 음반들을 두 배로 많이 사들였다. 유명한 요리사였던 이자야는 이제 세계 곳곳에 있는 음반을 사서 되파는 일을 했다. 음악에 열광하는 사람들이 앞다투어 나무랄 데 없이 질이 좋은 그의 음반을 사려고 했다. 하지만 그가 절대로 팔지 않는 음반들이 있었다.

"이자야는 아디의 음반들은 절대로 팔지 않았어." 나는 이야기를 마쳤다.

"가게에서 당근과 바닐라 냄새가 났는데… 그래서 그랬던 거구나." 그레이스가 이제야 이해가 된다는 듯 말했다.

"이자야는 50년 동안 매일 바닐라 크림을 얹은 당근 케이크를 만들었어. 그는 그녀가 돌아와 이탈리아 국기 아래에 앉아서 떠나던 날 밤에 먹지 못했던 당근 케이크를 함께 먹는 날이 오기를 기다리고 있는 거야."

잠시 동안 우리 둘 다 아무 말도 하지 않았다. 몇 번이나 침을 삼켜 보려 했지만 그러지 못했다. 그레이스는 자기 목에 걸려 있는 은목걸이를 살펴보고 있었다. 그레이스의 손가락이 목걸이에 매달린 피크를 붙잡고 있었다. 작게 쓰여 있는 일곱 글자는 여전히 선명하게 보였지만 로고는 닳아서 거의 형체도 알아보기 어려웠다. 누군가 엄지손가락으로 버릇처럼 만졌을 것이다.

"모두가 이 이야기를 알고 있어?" 그레이스가 고개를 들면서 물었다.

"이야기를 들으려고 애를 쓴 사람들만 알고 있지."

"너는 이야기를 들으려고 노력했구나."

나는 잠시 생각을 해 보고는 물었다.

"다른 이야기도 알고 싶어?"

그레이스의 눈이 빛났다. 내가 돌아서서 길 건너편에 있는 카페를 손으로 가리켰다.

"가자. 내가 안나 이야기를 해 줄게."

우리는 서둘러 가게 안으로 들어갔다. 그레이스는 모카커피를, 나는 매리를 주문했다. 그레이스는 내가 무엇을 주문했는지 듣지 못했다. 우리는 주문한 음료가 나오기를 기다리며 창가 자리에 앉았다. 4분 뒤에 젊은 여자가 주문한 음료를 가지고 왔다. 젊은 여자는 누가 '매리'라는 이름의 핫초코를 주문했는지 알고 싶어 했다. 나는 손을 들어 올렸다. 음료를 가져온 여자가 김이 모락모락 오르는 잔을 테이블에 놓고 나를 살짝 포옹하며 내게 고맙다고 했다.

여자가 다른 손님의 주문을 받으러 카운터로 돌아가고 나서 그레이스가 물었다.

"방금 너랑 인사한 사람은 누구야?"

"너는 방금 안나를 만난 거야. 안나한테는 매리라는 여동생이 있었어. 안나가 열 살 때, 매리는 자기가 열여덟 살이 되면 올림픽 피겨스케이팅 대회에 나가겠다고 선언을 했어." 내가 설명했다.

"내가 알아맞혀 볼게. 스케이트 장비가 너무 비쌌던 거야. 그래서 안나가 여동생을 위해 돈을 모으려고 매리라는 음료를 만든 거지. 맞아?"

참으려고 했지만 웃음이 터졌다.

"이야기들이 항상 해피 엔딩으로 끝나지는 않아. 네 짐작은 하나도 맞지 않아. 이제부터 이야기해 줄게."

재능도 있고 의지도 확고한 매리에게 후원하겠다는 사람들이 모여들었다. 매리는 하루 열 시간씩 일주일에 6일을 연습했다. 언니인 안나는 할 수 있는 한 모든 지원을 아끼지 않았다. 아침마다 두 사람은 나중에 매리가 금메달을 받는 순간을 상상하며 기자들이 매리에게 무슨 질문을 할지 생각했다. 매리가 연습을 안 하는 시간에 안나는 매리에게 학교 공부를 시켰다. 매리는 역사 디깅러였다. 그런 재능을 잃어버리게 내버려 둘 수는 없었다. 역사 공부 말고도 매리는 잠자리에 들기 전에 대회에 입고 나갈 의상도 연구해야 했다. 어린 스케이터는 일분일초도 낭비할 시간이 없었다.

열여덟 살이 된 매리는 올림픽을 앞두게 되었다. 그런데 매리가 다리에 부상을 입고 말았다. 십자 인대가 끊어지고 발목을 크게 다쳤다. 부모님은 매리가 피겨스케이트를 계속하려면 이번 대회를 포기하고 다음 대회를 준비해야 한다는 것을 알게 뇌었다. 반드시 그렇게 해야 했다.

병원에서 돌아온 매리는 자살했다. 누구도 매리가 왜 그랬는지 진짜 이유를 몰랐다. 어떤 사람들은 사춘기 소녀인 매리가 자기 목표에 도달하지 못한 것에 절망했기 때문이라고 확신했다. 매리의 부모는 자신들이 매리에게 너무 부담을 주었고, 시간이 지나면서 금메달을 따겠다는 매리의 꿈이 언니인 안나의 꿈이 되어 버린 탓이라고 했다. 심리학자들마다 이러쿵저러쿵 가설을 내놓았다.

안나는 진짜 이유를 알고 있었다. 언니로서 동생이 꿈을 이룰 수 있도록 도우면서 자신의 꿈도 키워가고 싶었다. 그 당시에 안나는 심장병 전문의가 되려고 공부하고 있었다. 하지만 안나는 훈련하는 여동생을 돕기 위해 하던 공부를 중단해야만 했다. 이 사실을 알게 된 매리는 후원금 일부를 안나의 학자금으로 떼어 두었다. 올림픽이 끝나면 안나는 심장병 분야에서 가장 권위 있는 대학에 들어가 공부를 계속할 계획이었다. 하지만 다시 공부를 시작하려면 너무 많은 교육비를 내야 했다. 그래서 매리는 돈을 모아 언니의 학비를 마련하려고 했다. 그러다 보니 경비를 절약하려고 스케이트화의 날을 갈고 보호 장비를 마련하는 데 제대로 돈을 쓸 수 없었다.

매리는 안나가 다시 공부하게 하려고 돈을 아끼다 사고가 난 거였다. 만약 장비를 구입하고 보수하는 데 돈을 아낌없이 썼다면 매리가 부상당할 일은 절대로 없었다. 부상으로 올림픽 출전이 불가능하다는 진단이 나오자 후원자들 대부분이 후원을 중단해 버렸다. 매리에게 투자하는 것은 너무 위험 부담이 크다고 판단한 것이다. 모든 꿈이 산산조각 나 버렸다. 자매는 모든 것을 잃었다.

그레이스가 골똘히 생각에 잠겼다. 그레이스를 방해하지 않으려고 음료를 한 모금 마셨다. 그레이스는 생각에 잠겨 얼굴을 찡그리고 있었다. 그녀의 들창코 위에 주름이 생겼다.

나는 숨이 넘어갈 것처럼 웃었다. 내가 웃어서 그레이스는 더 낙담한 표정이 되었다. *나는 그레이스가 정말 좋다.*

"이야기가 늘 해피 엔딩은 아니야." 내가 다시 한번 말했다.

"매리는 이름일 뿐이야. 핫초코의 이름이지. 다른 음료들에도 이름이 있는 것처럼. 처음에는 기자들이 동생의 죽음을 자꾸 떠올리게 했어. 하지만 얼마 지나지 않아 사람들은 매리를 잊어버렸어. 가게에 와서 매리를 주문한 사람들은 안나에게 매리 생각이 난다고 말을 해. 안나한테는 바로 그 순간이 중요한 거야."

"휴우." 그레이스가 길게 숨을 내쉬었다.

"네가 지금 어떤 기분인지 알아."

우리는 남은 음료를 서둘러 마셨다. 이제 몸이 따뜻해졌다. 가게 밖으로 나와서 왔던 길로 되돌아갔다. 걸으면서 나는 줄곧 혼자 생각했다. 그레이스는 다른 사람들처럼 행동하지 않았다. 그레이스는 다른 사람들 같지 않았다. 다른 사람들 같지 않다는 건 분명한 사실이었다.

나는 오래된 음식점 앞에 꼼짝도 하지 않고 멈춰 섰다. 그레이스가 내 옆에서 걸음을 멈추고 귀 뒤로 머리칼을 넘겼다.

"괜찮아?" 그레이스는 내가 왜 그러는지 궁금한 모양이었다.

"너는 내가 잘 지냈냐고 인사했을 때 아주 자연스럽게 '그래, 너는?'이라고 대답했어."

"그래?"

그레이스는 당황하며 소스라치게 놀랐다.

"오늘 낮에 난 너한테 음악을 좋아하느냐고 정량적 표현으로 물었어. 그런데 너는 음악을 열정적으로 좋아한다고 대답했어."

"그래서?"

"아디 음반 가게에서 너는 '음악의 신전'이라는 말을 했어. 그건 비유적인 표현이야."

그레이스는 겁먹은 얼굴로 고개를 떨어뜨렸다. 그녀의 입술이 파르르 떨렸다.

"너한테 이런 말을 하고 싶지⋯ 않았는데⋯."

내가 얼굴을 찡그렸다. 그레이스는 길 한가운데에서 외투를 벗고 회색 스웨터만 입은 채 스웨터의 왼쪽 소매를 걷어 올렸다.

그레이스의 손목에 있는 팔찌는 다섯 개 모두 초록색이었다.

나는 놀라서 뒷걸음질을 쳤다. 몸이 휘청댔다. 어디 기댈데가 없는지 주변을 두리번거렸다. 몸이 덜덜 떨렸다. 오래된 돌담에 기대어 마음을 진정시켰다. *숨을 들이쉬고… 내쉬고… 들이쉬고….* 나는 손목에 찬 디지털 시계의 화면에 초가 바뀌는 것을 보고 있었다. 33초가 지난 다음 그레이스의 얼굴을 **빤히** 쳐다보았다. 그레이스는 다시 외투를 입었다. 장애 표지는 보이지 않았다.

"너는 대체…?"

"나는 8번 환자야. 다섯 살 때 진단 받았어." 그레이스가 분명하게 말했다.

8번 환자. 나는 숨을 제대로 쉬어 보려고 벽에 머리를 댔다.

"그런데… 윙 증후군이 있지만 다른 질병은 없는 환자는 9번인 나밖에 없는데…."

그레이스는 다시 고개를 숙이더니 귀를 만졌다.

"오른쪽에서 나는 소리를 들으려고 보청기를 하고 있어."

그제야 그레이스가 왜 계속 머리칼을 뒤로 넘겼는지 알게 되었다. 그러지 않으면 소리가 잘 들리지 않았던 것이다.

"그러니까 너도 나랑 같은 윙 증후군인 거야?"

"부분적인 청각 이상이 있다는 것만 빼면 그래."

나는 방금 들은 말을 이해해 보려고 애를 썼다. 몇 년 전부터 나는 장애가 있는 사람을 만나지 않으려고 했다. 장애가 있는 사람들의 모임은 전염병이라도 옮을 것처럼 피해 다녔다. 내가 그들과 같은 범주로 묶이는 것도 거부했다. 교실에서 나는 아무하고도 말을 하지 않았다. 점심시간에 '구제불능' 아이들 세 명과 함께 밥은 먹지만 학교 바깥에서 절대로 그들을 만나지 않았다.

하지만 그레이스는… 만나고 싶었다. 그레이스가 나처럼 생각하는지 알고 싶었다. 내가 하는 행동이 내 장애 때문인지 아니면 내 성격과 관련된 것인지 확인하고 싶었다. 이건 나에게 주어진 유일한 기회였다. 간절하게 나는 나를 이해하고 싶었다. 그레이스를 이해하고 싶었다.

나는 고개를 들었다. 그리고 활짝 웃었다.

"그렇다면 우리는 따라잡아야 할 것이 많은 사람이구나."

우리는 다시 걷기 시작했다. 땅바닥을 뚫어지게 바라보면서 그레이스도 웃었다.

"우리 '진실을 말할래, 벌을 받을래' 게임 할까?"

그레이스가 제안했다.

"좋아. 시작해."

"진실을 말할래, 벌을 받을래?"

"진실을 말할래."

"제일 무서운 것은?"

나는 잠시 숨을 멈추었다.

"바늘. 바늘이 제일 무서워! 너는?"

"많은 사람. 그런데 대답할 때 왜 망설였어?"

숨길 수가 없네.

"그건 바늘 공포증이 있어서 그래. 사람들은 상상도 할 수 없을 거야. 어렸을 때 우리 부모님은 백신을 맞으면 내가 정상이 될 수 있다고 믿었어. 나를 바꿀 수 없다는 걸 이해하지 못했거든. 그래서 나는 수십 가지 백신을 맞았어. 백신은 아무런 효과가 없었고 하마터면 사회복지 기관에서 나를 데리고 갈 뻔했어. 주사를 맞느니 차라리 산 채로 불에 타 죽는 게 나아."

나는 말을 멈추었다.

"나도 진실을 말할래." 내가 울적할 새도 없이 그레이스가 얼른 말했다.

"좋아하는 색은?"

그녀가 웃음을 터트렸다.

"개인적인 일을 말하는 게 싫어서 색깔 같은 걸 물어보는 거지?"

"난 어쨌든 부모님이 몇 달 동안 내 불치병을 치료하겠다고 나를 괴롭힌 이야기도 했잖아."

"파란색. 너는?" 그레이스가 얼른 대답했다.

나는 그레이스의 눈을 바라보았다.

"초록색. 그래 초록색이야. 정말이야."

그레이스가 나를 보며 웃었다.

"진실을 말할래, 벌을 받을래?"

"벌을 받을게. 다른 것도 해 봐야지."

그레이스가 백팩에서 스톱워치를 꺼냈다. 나는 이런 물건을 왜 가방 안에 넣어 다니는지 물어보고 싶었지만 그러지 않았다.

"너는 45초 동안 하고 싶은 것을 뭐든지 할 수 있어." 그레이스가 선언하듯이 말했다.

"내가 원하는 건 뭐든지?"

"그래, 뭐든지. 이제 시작해." 그레이스가 분명한 어조로 말했다.

나는 그레이스의 팔을 잡고 곧장 거리를 가로질러 달렸다. 목적지까지는 열 걸음도 채 되지 않았다. 우리는 광장에 멈춰 섰다. 여름철이면 광장에서 재미있는 공연이 자주 있었다. 넓은 돌 벤치는 몇 센티미터는 족히 되는 두꺼운 얼음 아래에 묻혀 있었다. 그레이스의 손가락이 내 손가락을 건드렸다. 나는 온몸이 떨렸다. 나는 그레이스의 손을 힘주어 잡았다.

우리는 정확하게 광장의 한가운데 있었다. 광장에 있는 나무 다섯 그루가 광장을 다섯 구역으로 나누고 있었다. 나무의 몸통과 이파리 없는 가지를 감고 있는 크리스마스 전구들이 공기를 따뜻하게 해 주었다. 바닥을 덮고 있는 가루 같은 눈이 발밑에서 사그락사그락 소리를 냈다.

그레이스가 불안해하지 않도록 천천히 그레이스의 허리를 잡고 내 쪽으로 끌어당겼다. 심장 박동이 점점 빨라졌다. 나는 그레이스의 머리칼을 오른쪽 귀 뒤로 넘겼다. 그레이스의 턱을 따라 미끄러지듯 내려온 손을 그레이스의 어깨에 얹었다. 손과 발이 덜덜 떨렸다. 숨소리가 점점 가빠졌다. 그레이스의 초록색 눈이 동그랗게 커지더니 어느 때보다 강렬한 눈빛으로 나를 쳐다보았다. 나는 머리를 한쪽으로 기울인 채 그레이스의 얼굴 가까이 갔다. 나는 눈을 감았다. 배가 조여들었다. 코가 살짝 닿았다.

　스톱워치가 울렸다.

사랑의 감정

나는 침대에 누워 있었다. 새벽 3시 9분인데 잠이 오지 않았다. 너무 더워서 덮고 있던 이불을 바닥으로 밀쳐 버렸다. 떨어진 이불이 고양이 자리를 덮치자 고양이가 못마땅하다는 듯 야옹거렸다. 나는 고양이가 싫었다.

금세 어깨가 꽁꽁 얼어 버렸고 발가락에 감각이 없었다. 바닥에 떨어진 이불을 주워서 다시 덮었다. 고양이 패티가 나를 쏘아보고 있었다. 내가 고양이보다 더 싫어하는 것이 있다면 그것은 패티만큼 청승맞은 이름을 가진 고양이들이었다. 고양이 패티는 다리가 세 개밖에 없어서 재미있다고 아빠가 말했었다.

나는 아빠의 유머를 전혀 이해할 수 없었다.

옆으로 돌아누우며 이불을 다리 사이에 끼웠다. 블라인드 틈 사이로 천천히 지나가는 트럭이 보였다. 다시 말하면 흥미를 끌 만한 것이 아무것도 없었다는 말이다. 나는 실망해서 투덜대기 시작했다.

그때 두꺼운 물리학 책이 내 머리를 향해 날아왔다.

"소리 좀 내지 마, 이 멍청아!" 윌리엄이 잠에서 깬 모양이었다.

나는 팔꿈치를 괸 채로 누워 있었다.

"그게 잘 안 돼."

"그럼 약을 먹어!"

약상자에 안정제가 있었지만 약을 먹고 싶지는 않았다. 약은 부작용이 많았다. 그럭저럭 부작용이 덜한 날에는 움직이는 모든 것을 보고 소리를 질렀고 시야가 흐릿했다. 부작용이 아주 심한 날에는 잠깐씩 기억이 없어지기도 했다. 오늘 일은 하나도 잊고 싶지 않아서 약을 먹지 않았다.

"윌리엄, 오늘 어떤 여자아이를 만났어."

"알아. 네가 저녁 식사 때 얘기했잖아." 윌리엄이 퉁명스럽게 대꾸했다.

"그 여자아이도 나랑 똑같아."

흥미가 생겼는지 윌리엄이 슬쩍 돌아누웠다.

"걔도 멍청하냐?"

나는 윌리엄에게 베개를 던졌다.

"절대로 아니야, 이 멍청아! 걔는 천재야."

그레이스는 나를 이해한다고.

나는 윌리엄에게 진실을 말하기로 했다. 그러니까 그 여자아이도 윙 증후군 진단을 받았다는 진실 말이다. 윌리엄은 이야기를 듣고 싶어 안달이 날 것이고 나한테 질문을 퍼부어 댈 것이 분명했다. 윌리엄은 신경과학 '디깅러'다. 신경과학은 우리 둘이 대화를 나눌 수 있는 유일한 주제였다. 윌리엄은 내 뇌의 여러 부분을 자세히 분석하고, 뇌의 손상된 부분들을 비교해 보는 것을 엄청 좋아했다.

윌리엄이 가장 좋아하는 읽을거리가 나의 의료 기록이었다. 윌리엄은 정기적으로 나를 실험 대상으로 삼았다. 내 장애가 윌리엄에게는 거의 축복인 셈이었다. 윙 증후군 환자가 한 명 더 있다는 것은 기적이나 다름없다고 생각할 게 분명했다. 더 수준 높은 연구를 할 수 있는 좋은 연구 대상이 생겼으니까. 윌리엄은 훨씬 더 신뢰할 만한 결과를 얻어낼 수 있을 테고, 연관성을 찾아내기가 훨씬 더 쉬워질 것이 확실했다.

"그 여자아이는 음악 천재야." 내가 말했다.

그레이스는 치료를 받을 필요가 없었다. 다른 아이들과 똑같은 대우를 받을 만했다. 그레이스는 정상인과 다르다는 말을 듣고 싶어 하지 않을 것이다. 확실히 그럴 것 같았다. 윙 증후군이라는 사실을 나에게 털어놓은 것도 크게 용기를 낸 것이었다. 나한테 모든 것을 털어놓으라고 그레이스에게 말하고 싶었다. 그레이스가 계속해서 나한테 진짜 자기 모습을 보여 줬으면 좋겠다. 나는 그레이스를 배신할 수 없었다. 윌리엄에게 진실을 말하지 않기로 했다.

윌리엄은 손바닥으로 자기 이마를 탁 쳤다.

"음악 천재라고? 정말로? 그게 다야?"

"그레이스는 재즈에 대해 모르는 게 없어."

"기욤, 그건 정상이야. 그 애는 아마도 재즈 '디깅러'일 거야. 그것 말고도 재능이 또 있을걸."

하지만 뭐가 됐든 그레이스가 어떤 것에 '디깅러'일 리가 없는데….

트럭에서 나오는 희미한 빛에 축축하게 젖은 내 손을 비추어 보았다. 의사들은 모두 내가 아무것도 제대로 하지 못할 거라고 했는데 그레이스는 왜 성공한 거지? 어떻게 그레이스는 '디깅러'가 된 거지?

"나하고 그 여자애 사이에 뭔가가 있다는 생각이 들어."

"뭐가?"

"음… 에너지 같은 거."

윌리엄은 지겹다는 표정으로 침대에 앉아 있었다.

"마법은 없어."

"넌 이해할 수 없어…."

"이해할 게 뭐가 있어? 너는 여자애를 만났고 그 여자애는 음악 천재이고 갑자기 너는 두 사람 사이에 에너지가 있다고 주장하고!"

"너는 그런 느낌을 주는 사람을 만나 본 적이 있지 않았지?"

"넌 지금 이중 부정을 사용했어. 문법이 엉망이라고!" 윌리엄이 지적했다.

순간 나는 윌리엄을 패 주고 싶었다.

"네 옆에 특별한 사람이 있을 때 맥박이 빨리 뛰어 본 적 있어? 이건 비유적인 표현인데 배가 꽉 조이는 느낌이 들었던 적 있어? 갑자기 온몸이 뜨거워지는 느낌은?" 내가 따지듯 물었다.

윌리엄은 깊은 생각에 빠졌다. 엄지손가락을 입에 갖다 대더니 손톱을 물어뜯었다.

"응, 그런 적은 없어. 그런데 지금 한 말을 종합해 보면 네가 사랑에 빠졌다는 말인데?"

나는 침대에서 벌떡 일어났다. 어쩐지 기분이 좋지 않았다. 내 감정에 대해 말하는 것이 싫었다.

"그래, 나는 사랑에 빠진 것 같아! 하지만 그 여자애한테 말하고 싶지는 않아."

"왜?"

"정말로 좋아하는지 잘 모르겠거든."

"아직 확실하지 않은 거야?"

"내 감정은 네가 단번에 이렇다 저렇다 확실하게 말할 수 있는 그런 것이 아니야…."

윌리엄은 어리둥절한 표정으로 나를 뚫어지게 바라보았다.

"하지만 사랑의 모든 증상이 나타났다면 그건 네가 그 여자애를 사랑한다는 거잖아?"

윌리엄이 논리적으로 결론을 내렸다.

비교가 될 만한 구체적인 예를 들어야 해. 그렇지 않으면 윌리엄이 이해하지 못할 거야. 나는 내가 충분히 참고 있다는 것을 보여 주려고 숨을 깊게 들이쉬었다.

"가게에서 사이즈 280의 빨간색 신발을 봤다고 상상해 봐. 사이즈가 맞고, 너는 빨간색 신발을 엄청 좋아하니까 그 신발을 무조건 살 거야?"

"아니, 사기 전에 먼저 신어 볼 거야."

"왜?"

"막상 신어 보면 잘 안 맞을 수도 있으니까."

"바로 그거야! 사랑도 똑같아. 그레이스는 나랑 잘 맞는 여자애 같아 보여. 하지만 실제로는 그렇지 않을 수도 있거든."

윌리엄이 갑자기 고개를 들었다.

"무슨 말이 하고 싶은 거야?"

"너는 무서운 거야." 윌리엄이 자신 있게 말했다.

"내가 뭘 무서워한다는 거야?"

"그 여자애가 너를 좋아하지 않을까 봐 무서운 거야. 네가 그 여자애를 좋아하는 건 이미 알고 있어. 그런데 거절당하는 게 겁이 나서 네 감정을 인정하기 싫은 거지."

나는 아무 말도 하지 않았다. 윌리엄은 바닥에 떨어져 있는 물리학 책을 집어 들더니 침대에 누웠다. 나도 다시 침대에 누웠다. 시간이 느리게 흘렀다. 느리게 흐르는 시간처럼 우리의 숨소리도 느려졌다.

나는 거절당할까 봐 무서워….

잠이 들려는 순간에 윌리엄이 반쯤 잠에 취한 목소리로 털어놓았다.

"일생에 딱 한 번 사랑을 받기 위해서라면 백 번이라도 거절당할 수 있을 거야…."

이런저런 생각으로 괴로워하면서 나는 혼자 깨어 있었다. 이불로 몸을 둘둘 말았다가 이내 이불을 내팽개쳐 버렸다. 핸드폰을 켜고 귀에 이어폰을 꽂았다. 그 뒤로 몇 시간 동안 역사상 가장 위대한 재즈 작곡가의 음반이 나를 어떤 세상으로 데리고 갔다. 그 세상에 가끔은 그레이스도 쉬러 오기를, 나는 간절히 바랐다.

마침내 At Last[*]

하늘은 파랗고
The skies above are blue

내 마음은 클로버에 푹 파묻혀 있어.
My heart was wrapped up in clover

너를 바라보던 그 밤에
The night I looked at you

나는 꿈을 찾았다고 말할 수 있어.
I found a dream, that I could speak to

내 것이라고 부를 수 있는 꿈을.
A dream that I can call my own

나는 내 뺨을 짓누르는 황홀함을 찾았어.
I found a thrill to press my cheek to

이전에는 몰랐던 황홀함을….
A thrill that I have never known …

---

*   1941년 〈선 밸리 세레나데〉라는 뮤지컬 영화에 삽입된 곡으로, 1960년 블루스 가수 에
타 제임스가 리메이크하면서 명곡이 되었다. 영화 〈레인맨〉에도 이 노래가 나온다.

슈뢰딩거의 고양이

"기욤, 기욤!"

잠에 취해 몸이 제대로 움직이지 않았다. 엄마가 부르는데
도 대답도 못하고 몸을 잔뜩 웅크린 채 누워 있었다. 열기가
나를 침대에서 꼼짝도 하지 못하게 만들었다. 움직이지 않고
가만히 있으면 나는 다시 잠들 수 있었다.

"기욤! 그레이스가 집에 왔다."

"뭐라고요?"

등줄기를 타고 전기가 흐르는 것 같았다. 달리고 있는 마라
톤 선수처럼 심장이 점점 빨리 뛰었다. 잠이 싹 달아나 버렸
다. 튀어 오르듯 침대에서 일어나 토요일의 옷을 입고 팔찌를
낚아채듯 집어 들고 아래층으로 뛰어 내려갔다.

그레이스는 가방을 발밑에 내려놓고 거실 의자에 앉아 있었다.

"그레이스, 여기는 무슨 일로 온 거야?"

그레이스가 웃어 보이기까지 하는 걸 보면 확실히 우리집에 오길 잘했다고 생각하는 모양이었다.

"다른 사람들처럼 하루를 보내는 걸 네가 좋아할 것 같아서 왔어." 그레이스가 말했다.

"다른 사람들처럼?"

"그러니까 우리 세상에서 하루를 보내는 거야." 그레이스가 다시 설명했다.

그레이스의 말에 너무 놀라서 나는 꼼짝도 할 수 없었다. 우리가 정상으로 대접받는 세상, 일반 사람들과 똑같이 사회의 일원으로 살아갈 수 있는 세상. 윙 증후군을 가진 사람도 신경학적으로 정상인 사람이 되는 세상. 그런 세상은 믿을 수 없는 경이로운 세상이었다. 그런 세상은 생각조차 할 수 없을 것 같았다. 그래도 어쨌든 단 하루만이라도 나의 자리가 있는 세상에서 살게 된다고 생각하니 마음이 설□다.

나는 그레이스를 마주보며 활짝 웃었다.

"그래, 가자."

걱정하는 엄마를 안심시킨 다음 정확히 6분 뒤에 집을 나섰다. 그레이스는 벌써 차에 올라타 있었다. 그레이스의 차는 히피 분위기가 물씬 풍기는 화려한 색깔의 캠핑카였다. 웃음이 나왔다. 하지만 내 생각을 솔직하게 말했다가 문제가 생겼던 적이 한두 번이 아니었다. 아무리 사소한 것이라도 솔직하게 말해서 좋을 것이 없다는 걸 잘 알고 있었다. 어쨌든 자동차의 과감한 스타일은 인상적이었다. 오래된 가죽 냄새 말고도 차 뒤에서 특이한 냄새가 났다.

트렁크에는 악기 상자들과 악보대가 쌓여 있었다.

"전에 살던 도시에서 과외 수업을 했어. 음악 '디깅러'라는 평가를 받고 싶은 아이들이 평가 받기 전에 미리 배우려고 나를 찾아왔었거든." 그레이스가 설명해 주었다.

많은 사람들이 자기 아이들을 가르치려고 그레이스를 찾아왔다고 생각하니 행복했다. 많은 부모들은 가장 좋은 교육을 자기 아이들이 받았으면 하는 바람으로 그레이스의 이름을 찾고 전화번호를 찾았다. 그레이스 웨이크필드라는 이름이 성공을 보장한다는 것을 그들은 알고 있었다. 사람들에게는 그레이스가 필요했다.

　그레이스에게 다가갔다. 그레이스는 가방 안에서 뭔가를 찾고 있었다. 그레이스가 왜 처음에 나에게 말을 걸었는지 정말 모르겠다. 나에게는 특별한 점이 없다. 나는 특별한 사람도 아니다. 내가 남들과 다른 건 신경학적 기형 때문이다. 신경학적 기형으로 나는 쓸모없는 인간이 되었다. 진화의 나무에서 고양이 패티가 나보다 훨씬 인간과 가깝다.

　"어느 방향으로 갈까?" 그레이스가 물었다.

　"무슨 말이야?"

　"지금부터 우리가 어느 방향으로 가야 할지 묻는 거야."

　나는 그레이스를 물끄러미 바라보았다. 그레이스의 가늘고 섬세한 손에는 나침반이 들려 있었다. 도대체 가방 안에 나침반을 왜 넣어 가지고 다니는지 물어보고 싶었다. 하지만 반짝이는 그레이스의 눈빛은 중요하지도 않은 비밀을 알아내는 것 말고도 할 일이 너무너무 많다고 말하는 듯했다.

　"사람들은 늘 북쪽으로 가더라. 그렇지 않아?"

　"진짜 북쪽은 아니지. 원래 나침반의 N극이 가리키는 방향과 지리적 북극에는 어느 정도 차이가 있으니까. 대체로 사람들은 나침반이 가리키는 북쪽을 따라가지." 그레이스가 정확하게 고쳐 말했다.

"그럼 우리는 남쪽으로 가자."

"그래. 남쪽으로 가자."

더 의논하고 말 것도 없이 그레이스가 곧장 자동차의 시동을 걸었다. 입은 웃고 있었지만, 운전대를 잡은 손은 떨고 있었다.

"너는 왜 그렇게 불안한 거야?"

"내 일상을 벗어나는 게 익숙하지 않아서 그래. 나는 아침에 잠에서 깨어났을 때 밤에도 똑같은 장소에서 잠잘 수 있을 거라고 생각해야 안심이 돼. 저녁 메뉴가 정해져 있어야 메뉴를 정할 시간에 더 중요한 다른 것을 생각할 수가 있고."

나는 놀라서 아무 말도 하지 못했다.

"너는? 너의 똑같은 일상이 싫어?" 그레이스가 궁금해했다.

"나는 매일 똑같은 게 싫어. 모두가 안정된 것을 좋아한다는 것은 인정해. 나는 다만⋯."

"다만, 뭐?"

"아침에 일어났을 때 오늘 밤 내가 어디에서 잠들지를 모르는 상태였으면 좋겠어. 거리를 달리고, 상점에 들어가고, 처음 눈에 띄는 잡지를 사고 싶어. 한 번도 안 먹어 본 것을 먹고 싶어."

"왜?"

그레이스의 물음에 잠시지만 마음이 아팠다.

"내가 방금 한 말은 비유적으로 내 마음을 표현한 거야. 나는 내가 살아 있다는 느낌이 없어. 삶을 살아가는 것과 그냥 죽지 못해 사는 것은 근본적으로 달라. 나는 죽지 못해 사는 거야. 내가 살아 있어서 얻는 게 없어. 잠을 자고 먹기는 하지만 한 번도 패배자의 길에서 벗어나려고 노력하지 않았어. 나는 내 혈관에서 아드레날린이 마구 솟아나는 것을 느끼고 싶어. 길의 끝에 서 있게 될 거라는 불안감 없이 달려 보고 싶어. 결국 저 아래 바닥에 나뒹굴게 될 뿐이라는 생각 따위는 던져 버리고 절벽에서 뛰어내리고 싶어. 나는 내가 살아 있다는 걸 느끼고 싶어."

그레이스는 내 눈을 뚫어지게 바라보았다. 햇빛을 받은 그레이스의 눈에 연한 초록색 눈동자 사이로 금빛 나는 갈색이

드러나 보였다. 나에게는 그레이스에게 들려줄 노래도, 시도 없었다. 그레이스의 아름다움을 온전히 표현할 길이 없었다. 다만 그녀를 바라보며 끝없이 감탄할 뿐이었다. 그리고 그레이스가 그것으로도 충분하다고 느끼기를 바랄 뿐이었다.

그레이스가 미소를 지었다.

"슈뢰딩거의 고양이 이론*을 알아?" 그레이스가 물었다.

"고양이 실험? 그게 뭔데?"

"상자 안에 고양이가 있고 독극물이 든 병과 방사성 물질, 가이거 계수관도 함께 들어 있어. 가이거 계수관이 방사선을 감지하게 되면 망치가 독극물이 든 병을 깨뜨리고 고양이는 바로 죽는 거야. 그렇게 장치를 만들었어. 하지만 상자 안에서 무슨 일이 일어나는지 보거나 듣는 건 불가능해. 상자가 완전히 밀폐되어 있거든. 그러니까 상자를 열어 보지 않는 한 고양이는 죽어 있는 상태이자, 살아 있는 상태야. 윙 증후군도 이 양자물리학 이론과 비슷하다고 생각해."

그레이스가 도시의 작은 길들을 아무 데로나 운전해서 가

---

* 모든 상태는 중첩되어 있고 누군가가 관측을 했을 경우에만 한 가지로 결정된다는 코펜하겐 학파의 해석을 반박하기 위해 슈뢰딩거가 제안한 사고실험이다.

고 있는 동안 나는 잠시 생각을 해 보았다.

"사람들이 우리에 대해 알아내지 못하는 한 우리는 죽어 있으면서 살아 있는 상태야. 사람들이 내가 어떤 사람인지 알아냈다면 내가 살 만한 가치가 있는지 아닌지 알 수 있겠지. 하지만 상자를 열어 보지 않았으니까 나는 쓸모 있는 사람이기도 하고 쓸모없는 사람이기도 한 거야." 내가 결론을 내렸다.

"과학적 탐구심이 있는 사람은 슈뢰딩거의 상자를 망설이지 않고 열어 볼 거야. 그랬더라면 뚜껑은 이미 십여 년 전에 열렸을 거야. 하지만 많은 사람들은 뚜껑을 열지 않았고⋯." 그레이스가 내 말에 수긍했다.

"슈뢰딩거의 상자를 판도라의 상자보다 더 무서워하지."

"맞는 말이야."

그레이스는 가게들이 줄지어 있는 조용한 골목길에 차를 세웠다.

"1부터 10 중에 숫자 하나를 골라 봐."

"8" 내가 숫자를 정했다.

그레이스가 웃었다. 그러고는 골목길에 있는 여덟 번째 가게를 가리켰다.

"저 가게에 가서 여덟 가지 음식을 가지고 와. 그걸로 식사하는 거야." 그레이스가 말했다.

그레이스가 더 자세히 알려 줄 것 같지 않았다. 나는 순순히 차에서 내려 가게로 향했다. 눈이 내리자마자 녹아서 외투 안으로 물이 스며들었다. 나는 잰걸음으로 걸었다. 여덟 번째 가게는 아시아 향신료와 식재료를 파는 가게였다. 가게 안에는 식당 역할을 하는 작은 테이블이 있었다. 가게 직원이 나를 빤히 쳐다보았다. 아시아 음식은 거의 먹어 본 적이 없었다. 기껏해야 한두 번 먹어 보았을까. 우리 집 식단은 늘 정해져 있었다. 여덟 가지 음식을 고르라니….

오, 안 돼! 내가 그레이스를 독살하게 될 거야. 맞아, 본 적도 없는 다른 나라의 식재료가 들어 있는 음식이라니. 자칫 잘못하면 그레이스를 죽일 수도 있어.

이러지도 저러지도 못하고 쩔쩔매다가, 결국에는 직원에게 도와달라고 부탁했다. 가게 직원은 재밌어 하면서 몇 가지 요리를 추천해 줄 테니 그레이스에게 가서 직접 와서 고르라고 하면 어떻겠느냐고 했다. 그렇게 하는 것이 좋을 것 같다는 생각이 들어서 그의 말대로 그레이스에게 달려갔다. 나와 함께 가게에 들어온 그레이스의 눈이 휘둥그레졌다.

"냄새를 맡으니까 전에 살던 동네 생각이 나네. 이웃에 살던 사람이 매주 만두를 만들어 줬는데 버찌가 들어간 소스도 같이 주었어. 여름이면 그 집 부엌에서 풍기는 냄새가 온 거리에 퍼지곤 했었는데."

생각만 해도 기분이 좋아졌다. 나도 그런 동네에 살고 싶었다. 우리 이웃들은 예의를 차렸다. 하지만 절대로 만두를 가져다줄 사람들은 아니었다. 그들은 나를 싫어하지도 좋아하지도 않았다. 아마도 나와 있을 때 어떻게 행동하고 대해야 하는지 전혀 모르고 있었을 것이다. 나는 그들을 이해했다. 나로서도 누군가와 마주치면 어떻게 반응해야 할지 몰랐다.

"어떤 걸 드릴까요?" 깊은 생각에 잠겨 있던 나는 직원이 묻는 말에 정신을 차리고 현실로 돌아왔다.

"메뉴 중에 추천할 만한 것으로 여덟 가지 주세요." 그레이스는 이곳에 늘 오는 단골손님처럼 스스럼없이 가죽 의자에 앉으면서 주문을 했다.

나는 어디에 있어야 할지 몰라 우물쭈물하면서 얼른 그레이스를 쫓아갔다. 내 행동이 우스웠는지 직원이 슬며시 웃고 있었다. 직원은 요리사에게 주문한 요리를 말해 주고 우리에게 물을 가져다주었다.

"어젯밤에 네가 바늘이 제일 무섭다고 했잖아." 그레이스가 어제 했던 얘기를 꺼냈다.

"그랬지. 난 바늘이 정말 싫어."

"바늘 말고 무서운 게 또 있어?"

나는 잠시 생각을 해 봤다.

"고독. 나는 혼자가 되는 게 끔찍하게 무서워."

"누구나 가끔은 혼자 있어야 하는 거야." 생각이 많은 표정으로 그레이스가 대답했다.

"나는 고독에 두 가지 종류가 있다고 생각해. 하나는 일상에서 만나게 되는 고독이야. 샤워할 때라든가 아무도 없는 길을 운전할 때 마주치는 고독 말이야. 그런 고독은 필요하지. 자유롭게 생각하게 해 주고 다음에 일어날 일들을 준비하게 해 주니까. 내가 비유라는 걸 해도 된다면 이런 고독은 방금 일어난 일과 곧 일어날 일 사이의 과도기라고 말하고 싶어."

그레이스는 고개를 끄덕이며 주의깊게 내 말에 귀를 기울였다.

"다른 하나는, 이게 진짜 고독이야. 나는 딱 한 번 진짜 고독을 경험한 적이 있어. 그때 나는 분명 혼자 있었어. 나를 둘러싸고 있었던 사람이 열 명도 넘었을 텐데 나는 분명 혼자였어. 정말 끔찍했어. 네가 말을 하고 있는데 아무도 네 말을 듣지 않을 거라는 걸 안다고 생각해 봐. 아무리 이상한 행동을 해도 아무도 너를 바라봐 주지 않는다는 걸 너도 알고 있다고 생각해 봐. 네가 아무리 울어도 아무도 달래 주지 않을 걸 안다고 생각해 봐. 넘어져도 일으켜 세워 주지 않을 걸 안다고 생각해 봐. 사람들이 너를 보고 있지만 너를 제대로 보는 게 아니라 네 주변을 보고 있을 뿐이라고 생각해 봐. 이건 실패한 나비 효과야. 너는 날갯짓을 하지만 너의 날갯짓은 절대로 토네이도를 일으키지 않을 거야. 너는 아무것도 아닐 거야. 너는 텅 비어 있어. 너는 혼자야. 어느 순간 너의 무능함이 너를 화나게 해. 반쯤 죽어 있는 상태로 길거리에 쓰러진 채로 발견될 때까지 마약에 취하고 싶어질지도 몰라. 건물에 불을 질러서 완전히 태워 버리고 싶어 할 수도 있어. 경찰에 잡혀가고 싶다거나 이러면 엄마가 나를 좀 바라봐 주지 않을까 해서 사람을 죽이고 싶어질 수도 있어. 너에게는 삶에 대한 격렬한 집착이 있어. 누군가가 널 알아봐 주기만 한다면 죽을 수도 있을 정도로 외로운데 아무도 그걸 몰라. 정말 끔찍하게 싫어. 이게 가장 무서운 고독이야."

"뜨거운 차와 시금치 요리가 나왔습니다." 직원이 요리를 가져오는 바람에 대화가 끊겼다.

나는 음식을 받았다. 목이 메었다. 그레이스는 무슨 말을 해야 할지 몰라서 바닥만 쳐다보았다. 시금치 요리를 맛보려고 하는데 그레이스가 선언하듯 말했다.

"내가 너를 보고 있어, 기욤. 너는 세상에 있어."

그레이스의 단호한 말에 깜짝 놀라 그레이스를 쳐다보았다.

"너는 살아 있어. 그리고 너는 멋진 사람이야." 그레이스가 덧붙여 말했다.

나는 차를 입으로 가져가며 미소를 지었다. 차는 저절로 얼굴을 찡그리게 되는 맛이었다. 그레이스는 얼굴을 찡그리는 나를 보며 큰 소리로 웃었다.

"왜 얼굴을 찡그려?"

"차에서 나무 맛이 나."

"뭐라고?"

"진짜라니까. 차에서 나무 맛이 난다고."

그레이스는 노란색의 투명해 보이는 음료를 미심쩍게 쳐다보았다. 김이 모락모락 올라오는 차에서는 특이한 냄새가 났다. 그레이스는 차를 한 모금 마셨다가 바로 뿜었는데 하필이면 음식을 나르던 직원이 찻물을 뒤집어썼다.

"죄송해요! 정말 죄송해요. 이런 맛인 줄 몰랐어요." 그레이스는 큰 소리로 사과하면서도 웃음을 참지 못했다.

"차를 이렇게 뿜을 줄은 미처 몰랐네요." 직원이 찻물이 묻은 셔츠를 닦으면서 그레이스의 말을 재치 있게 맞받아쳤다.

"차 맛이… 전혀 생각지도 못한 맛이어서요." 그레이스가 변명을 했다.

"이건 아주 고급 차예요."

"무슨 맛이에요?"

"해조류 맛도 나고 히스 뿌리 맛도 나요."

나는 그 말을 듣고 깜짝 놀라 숨을 들이쉬다가 마시던 차를 코로 뿜어 버렸다. 우리의 요란스러운 반응에 실망한 직원은 요리사에게 얘기해야겠다고 생각했는지 서둘러 부엌으로

돌아갔다. 직원이 가고 나자 접시에 담긴 전채요리에 눈이 갔
다. 시금치가 돌돌 말려 있었다. 데쳤는지 삶았는지 모르겠지
만 익힌 시금치는 얇아져서 거의 투명해 보일 지경이었다. 나
는 좀 당황스러웠다.

"먹어 볼까? 어떤 맛일지 걱정이 된다."

"난 걱정 안 돼." 그레이스가 젓가락을 건네주면서 자신 있
게 말했다.

나는 망설이다 용기를 내어 젓가락을 들었다. 그런데 입안
에 넣고 씹는 순간 식감이 이상했다. 실망하는 내 표정을 보
면서 그레이스는 웃음을 터트렸다. 그리고 시금치 조각을 살
짝 집더니 후룩 빨아들였다.

"우아!"

"우아?"

"우아!"

이번에는 내가 한 입 먹었다.

"와!"

"오~, 와?"

"와아아~."

우리는 함께 웃었다. 시금치 한 조각을 더 먹었다. 처음에는 짠맛이 나는데 시금치 잎이 혀에 닿아 녹으면서 나중에는 입안에 단맛이 남았다. 뭐라 표현하기 어려운 맛이었지만, 질감과 향이 정말 좋았다. 우리는 즐겁게 식사를 계속했다.

"새우 완자 요리입니다." 직원이 우리 앞에 요리를 내려놓으면서 큰 소리로 말하고는 서둘러 가 버렸다. 씹다 뱉은 시금치를 얼굴에 뒤집어쓰게 될까 봐 겁이 난 모양이었다.

새우 완자는 모양이 아주 동그랬다. 새우 완자에 노란색 튀김옷이 입혀져 있었다. 이름이 덴푸라였던 것 같은데 확실하지는 않다. 사과를 먹을 때처럼 입에 넣고 깨물어 먹으려고 했는데 완자를 입에 넣자마자 바로 접시에 뱉어 버렸다. 새우 완자는 튀기자마자 바로 나와서 아주 뜨거웠다. 혀가 불에 덴 것처럼 화끈거렸다. 뜨거운 혀를 식히려고 얼른 차를 마셨다. 자꾸 먹으니 특이한 맛에 익숙해졌다.

나는 갑자기 궁금증이 생겼다.

"재즈를 왜 좋아하는 거야?"

재즈라는 말에 그레이스의 얼굴이 환해지면서 작은 보조개가 패었다. 내가 알고 싶은 것은 바로 이런 거였다. 도대체 음악에는 어떤 특별함이 있길래 그레이스를 그토록 행복하게 하는 걸까?

그레이스가 보청기가 있는 귀 뒤로 머리칼을 넘겼다.

나는 그레이스의 세상에서 그레이스와 함께하고 싶었다.

"〈스트레인지 프루트〉라는 노래 알아?"

"아니, 한 번도 들어 본 적 없어." 내가 대답했다.

"이 노래가 바로 내가 재즈를 사랑하게 된 이유야. 나는 이 노래에 대해서라면 몇 시간이라도 말할 수 있을 거야."

나는 그레이스가 조심하고 있다고 느꼈다. 그레이스는 이 야기가 자신을 '디깅러'로 보이게 전개되는 걸 원하지 않는 것 같았다.

"네 얘기를 들어 줄게." 내가 웃으면서 말했다.

그레이스가 활짝 웃었다. 꽃이 피어나는 것 같은 미소였다.

"〈스트레인지 프루트〉의 가사는 아벨 미로폴이라는 사람이 썼어. 인종 차별을 고발하기 위해서 쓴 거야. 미로폴은 그 당시 미국에서 기승을 부리던 무섭고 끔찍한 인종 차별 행위에 반대하는 시를 썼던 거야. 그의 시에 흑인 청소년 두 명이

린치를 당한 이야기가 있어. 린치는 죄를 지은 사람이건 죄를 뒤집어쓴 사람이건 누군가를 잡아들이고 재판도 없이 처형하는 잔인한 형벌이나 폭력을 말해. 붙잡힌 사람은 죄가 있든 없든 자신을 보호하고 변호할 방법이 전혀 없었겠지. 이런 의미가 담긴 시에 느리고 긴장감이 팽팽하게 느껴지는 음악이 곁들여졌어. 시는 노래가 되었지. 노래는 재즈 가수인 빌리 홀리네이가 불러서 큰 인기를 얻었어. 비유를 해도 된다면 빌리 홀리데이가 노래할 때 그녀는 마치 관객들 앞에서 옷을 벗는 것 같아. 그녀는 자신의 슬픔과 무력함을 느릿느릿 고통스럽게 온전히 드러내지. 그녀는 떨리는 목소리로 노래해. 하지만 사람들은 그녀보다 더 떨리는 마음으로 그녀의 노래를 들었어."

그레이스는 말을 잠시 멈추고 찻잔을 이리저리 돌려서 작은 소용돌이를 만들었다.

"이 곡을 연주할 때 나는 이 노래를 만드는 데 참여한 모든 사람들과 함께 과거를 살고 있는 거야. 이 곡을 연습하고, 찬찬히 살펴보고, 악보를 보면서 나만의 해석을 하는 매 순간 나는 아벨 미로폴, 빌리 홀리데이, 그 노래를 공연할 때 참여했던 많은 예술가들과 함께하는 거라고. 내가 색소폰을 연주할 때 나는 절대로 혼자가 아니야. 그들이 나와 함께 있어."

나는 그레이스를 보며 웃었다. 그레이스는 고독을 전혀 몰랐다. 그레이스의 열정이 그를 끊임없이 나아가게 했다. 나도 나를 앞으로 나아가게 하는 무엇인가를 찾아야 했다. 더 괜찮은 사람이 되고 싶은 이유를 찾아야 했다.

그레이스의 손이 생각에 빠져 있는 나를 끌어냈다. 나는 그레이스의 손을 잡았다.

찾았다, 이유가 되어 줄 무엇인가를.

You go to my head*

당신이 내 머릿속으로 들어오네요.
You go to my head

버건디 스파클링 와인 한 모금처럼
Like a sip of sparkling burgundy brew

그리고 난 당신에 대해 할 말을 찾아요.
And I find the very mention of you

줄렙** 한두 잔에 술에 취한 사람처럼….
Like the kicker in a julep or two…

*   1938년 프레드 쿠츠가 작곡한 재즈 곡
**   위스키에 설탕, 박하 등을 넣은 청량음료

'구제불능'

월요일 아침 7시. 평소처럼 침대에서 꾸물거릴 새가 없었다. 눈을 뜨자마자 일어나 월요일의 일정을 확인했다. 한 주가 지나고 다음 주가 와도 바뀌지 않는 한결같은 일정이다. 하지만 오늘은 특별한 일이 생길 듯한 예감이 들었고, 내가 오늘을 특별하게 만들 수 있을 것만 같았다.

월요일의 옷으로 갈아입었다. 진한 회색 야구 점퍼에 회색 바지를 입었다. 그리고 서둘러 욕실로 향했다. 다른 날보다 빠르게 아침 일정을 시작한 셈이다. 나는 세 번 빗질하고, 120초 동안 이를 닦았다. 그런 다음 거울 속의 내 모습을 꼼꼼히 살폈다. 내 머리칼은 정말 엉망이었다.

머리 모양 때문에 기분이 상한 나는 지난 금요일처럼 어떻게든 머리를 세워 보려고 애를 썼다. 오늘따라 머리칼이 말을 듣지 않았다. 젤을 살짝 바르고 오른쪽으로 빗질을 했다. 이런 머리 모양을 한 사람들을 본 적이 있다. 그 사람들에게는 제법 잘 어울렸다. 하지만 나는 평소에 그렇게 머리 손질을 하지 않았다. 다 그럴 만한 이유가 있다. 정수리의 머리칼이 제멋대로였기 때문이었다. 최후의 수단으로 머리를 위로 빗어 올렸다. 머리카락 한 올도 그냥 두지 않고 모두 빗어 올렸다. 그랬더니 뭐라고 표현하기가 어려운 모양이 되었다. 절망적이었다.

7시 15분, 손목에 팔찌를 하고 아침을 먹으려고 아래층으로 내려갔다. 〈어텀 세레나데〉를 흥얼거리며. 이 곡은 오래된 재즈곡인데 가사를 몰라 그저 웅얼거릴 뿐이었다. 오믈렛을 만들고 있는데 엄마가 신문을 내려놓는 소리가 들렸다.

"기욤, 무슨 일 있니?"

나는 당황해서 주걱을 내려놓고 엄마를 돌아보았다. 평소에 엄마는 신문을 읽기 시작하면 다 읽을 때까지 절대로 내려놓는 법이 없었다.

"뭐가요? 그냥 노래 부르는 건데요?"

"너는 평소에 노래를 하지 않잖니." 엄마가 신문을 접으면서 말했다.

"뭐, 그냥 오늘 노래가 저절로 나오네요."

"그러니까 왜?"

짧은 순간에 엄마의 질문이 내 머릿속에 울려 퍼졌다.

"그레이스를 생각하니까 이 노래가 떠올랐어요. 이제는 가능하면 자주 노래를 부르려고 해요."

"오늘 저녁 식사에 그레이스를 초대하는 게 어떨까?"

나는 깜짝 놀라 한참 동안 엄마를 쳐다보았다. 엄마가 나의 비언어적 메시지를 어느 정도 읽어냈다는 걸 알 수 있었다. 그래서 나는 신중하게 생각하고 대답했다.

"좋아요. 월요일 저녁에는 그레이스가 색소폰 연주를 하는 것 같던데, 한번 물어볼게요."

내 대답에 만족했는지 엄마는 신문을 재활용 상자에 넣고 방으로 들어갔다. 그레이스를 우리 집에 초대한다고? 우리 가족이랑 함께 밥을 먹는다고? 그레이스를 집에 초대하는 날이 이렇게 빨리 올 거라고는 예상하지 못했다. 어쨌든 나는 그레이스의 오늘 일정을 전혀 몰랐다. 토요일 이후로 그레이스와 이야기를 나누지 못했다. 물론 그레이스가 알려 준 전화 번호로 문자를 보내고 싶다는 생각은 379번 했다. 하지만 결국 보내지 않았다.

하루 종일 그레이스만 생각하고 있다는 티를 내고 싶지 않았다. 물론 사실은 하루 종일 그레이스 생각만 했다. 하지만 그저 조금 관심 있어 하는 정도로만 보이고 싶었다. 그런데 그게 맘대로 되지 않았다. 잠깐이라도 짬이 생기면 휴대폰 화면에 그레이스가 보낸 첫 번째 메시지가 뜨기를 바라면서 휴대폰을 뚫어지게 들여다보고 있었다. 메시지는 오지 않았다.

7시 41분에 집을 나서 곧바로 버스에 올라탔다. 왼쪽 맨뒤로 가서 앉았다. 태블릿은 손에 들고 있었다. 옆자리에 앉은 매버릭은 늘 그랬던 것처럼 배선도를 그리고 있었다.

"매버릭, 잘 지냈어?"

"응, 좋아."

변한 건 없었다. 나는 모든 것이 변하지 않는 세상에 태어났다. 그리고 나는 그런 세상에 맞서 싸울 수 없었다.

하지만 오늘은 달랐으면 좋겠다.

"뭘 그리는 거야?"

매버릭이 당황한 표정으로 나를 쳐다보았다.

"풍력 터빈의 배선도를 그리고 있어. 풍력 터빈의 모형을 만들려고 그러는 거야."

"이 부분은 뭐야?" 내가 목을 죽 늘이고 프로펠러 뒤쪽 큐브를 가리키며 물었다.

"내 옆에 앉아 봐. 반자동 변속기를 얼른 만들어야 하거든. 너도 알겠지만, 반자동 변속기는 동력 전달 장치야. 이 장치가 있어야 회전 속도를 늦추거나 빠르게 할 수 있어. 매끈한 바퀴에 연결하는 것이 일반적이지만, 풍력 터빈의 경우에 기술자들은 톱니바퀴 장치에 연결하는 것을 더 선호해."

나는 주요 설계도를 둘러싸고 있는 조립도를 찬찬히 들여다보았다. 매버릭은 화살표 표시를 하면서 자신이 그린 설계도의 각 부분을 하나도 빠트리지 않고 자세히 설명했다. 놀라울 정도로 정확했다. 확실히 좋은 점수를 받을 만했다. 매버릭에게 다시 물었다.

"이 톱니바퀴 세 개는 나무에 연결되어 있어?"

매버릭은 단조로운 어조로 아주 빠르게 설명하기 시작했다. 자랑스러운 기색이 역력했다.

"맞았어. 톱니바퀴들은 교류 발전기와 연결되어 있어. 반대로…."

내가 관심을 가지고 집중해서 들었더니, 매버릭은 신이 나서 학교에 도착할 때까지 풍력 터빈의 원리를 설명했다. 이따금 내가 못 알아듣는 이상한 단어를 사용해서 당황스러운 순간도 있었다. 다행히 매버릭이 금세 알아채고 다시 쉬운 말로 설명해 주었다. 21분이 지나자 나 혼자서 풍력 터빈을 만들수도 있겠다는 생각이 들 정도로 풍력 터빈을 아주 잘 알게되었다. 기발한 아이디어였다. 나는 매버릭의 아이디어를 머릿속에 그대로 넣어 두었다.

사물함 있는 곳에 도착해 월요일의 공책을 꺼내면서 나는 주변을 두리번거리며 오가는 아이들 무리를 유심히 살펴보았다. 금발 머리에 초록 눈, 흰 운동화를 신은 사람을 찾고 있었다. 하지만 아무리 찾아도 보이지 않았다.

오전 수업 시간에는 나도 모르게 풍력 터빈의 날개를 그리고 있었다. 게다가 어떤 모델이 가장 효율적일까 궁리하다가 화들짝 놀랐다. 내가 갑자기 기술 분야의 천재가 된 건 아니었다. 나는 전구 하나 갈아 끼울 줄 몰랐다. 하지만 매버릭이 그토록 많은 시간을 쏟아 주변의 물건들이 가지고 있는 역학을 공부하는 이유는 알게 되었다. 재미있어서 그런 거였다.

점심시간에는 서둘러 급식실로 갔다. 급식실로 뛰어가는 나를 붙잡는 사람은 아무도 없었다. 지나치게 넓은 급식실은 팔각형 테이블로 가득 채워져 있다. 테이블마다 그런대로 앉기 편한 플라스틱 의자가 네 개씩 놓여 있었다. 나는 늘 앉던 자리에 앉았다. 출입문을 바라보고 앉는 자리였다. 내가 급식실에 제일 먼저 온 사람이었다. 제일 먼저 오기에 성공했다.

아이들이 서서히 급식실로 몰려오기 시작했다. 열심히 공부한 내용을 서로 이야기하느라 시끌벅적했다. 혹시 아이들 속에 금발 머리 여자아이가 있지 않을까 찾아보았지만, 그레이스는 거기 없었다.

나는 같은 반 세 명의 '구제불능'과 둘러앉아서 밥을 먹었다. 그 아이들의 이름은 오스카와 크시메나, 에밀리오였다. 장애가 있는 우리는 서로를 참아 주었다. 그렇다고 진심으로 존중해 주는 것은 아니었다. 오스카는 느리고 크시메나는 소란스럽고 에밀리오는… 좀 복잡했다.

에밀리오는 휠체어를 타고 다녔다. 그는 걷지 못하고 제대로 의사소통도 하지 못했다. 활동보조인은 그의 오른쪽에 있으면서 에밀리오가 계속해서 잘 앉아 있을 수 있게 도와주었다. 활동보조인의 역할은 에밀리오가 학교생활에 잘 적응할 수 있도록 돕는 것인데 결과적으로는 오히려 적응할 수 없게 만들었다. 에밀리오는 오전 수업만 듣는데, 그가 진짜로 수업을 제대로 듣고 있는지 어떤지는 장담할 수 없었다. 어쨌든 수업 시간에 깨어 있으려고 안간힘을 쏟고 있는 것처럼 보였다. 에밀리오는 확실히 우리랑 달랐다.

에밀리오는 다른 사람들처럼 살아본 적이 없었다. 단 하루도 편안한 날이 없었을 것 같다는 생각이 들었다. 실제로 에밀리오는 고통의 덫에 걸려 있었다. 몸이 그를 가두고 뇌는 그를 하루하루 시들게 하고 마음은 이미 그를 떠나 버렸다.

에밀리오는 폐색성 수두증을 앓고 있었다. '구제불능' 아이들 반에 들어온 첫날부터 자꾸 에밀리오에게 눈길이 갔다. 에밀리오는 교실 맨 뒷자리에 숨어 눈에 띄지 않으려고 애썼지만 소용없었다. 숨으려고 하면 할수록 아이들 틈에서 튀어 보였다. 에밀리오의 머리는 크고 모양이 울퉁불퉁했다. 심지어 에밀리오는 커다란 휠체어에 앉아 있었다.

다음 날, 나는 케시 선생님과 에밀리오에 대해 이야기했다.

"에밀리오는 왜 그렇게 된 거예요?"

케시 선생님은 가운을 손가락으로 어루만지며 나에게 뭐라고 말할지 생각하는 것 같았다.

"혹시 수두증을 알고 있니?"

"아니요, 잘 몰라요."

"에밀리오는 수두증을 앓고 있어. 정확한 병명은 폐색성 수두증. 사람들은 일반적으로 물뇌증이라고 부르는데 이건 좀 잘못된 표현이야. 누구나 뇌 안에 물이 있어. 뇌 안의 물을 뇌척수액이라고 해. 뇌척수액은 뇌가 충격을 받으면 척수와 뇌의 신경 조직을 보호하는 역할을 하지. 뇌척수액은 혈액처럼 끊임없이 순환해. 그런데 에밀리오의 경우에는 뇌척수액이 제대로 배출되지 않는 거야."

케시 선생님은 잠시 말을 멈췄다. 선생님은 자세히 설명할 수 있다는 점을 스스로 자랑스러워했다. 하지만 나는 선생님이 너무 자세하게 설명해서 당황스러웠다. 나는 오른쪽으로 살짝 기울이고 있는 선생님의 얼굴을 빤히 쳐다보았다. 당시 열 살이었던 나는 이런 상황이 아무리 해도 익숙해지지 않았다. 이런 일이 생길 때마다 곤혹스러워할 뿐이었다.

내 주변에는 세 종류의 사람들이 있었다. 케시 선생님이나 윌리엄처럼 말을 많이 하는 사람들, 말을 하지 않는 사람들 그리고 나. 말을 많이 하는 사람들은 항상 가능한 한 정확한 단어를 사용하려고 했다. 그들은 무의식적이고 기계적으로 그렇게 행동했다. 그런데 내 머릿속에는 동의어가 많았다.

사실 동의어라고 해도 똑같을 수는 없었다. 단어 하나하나가 완성하기 힘든 퍼즐의 조각들 같아서 정확하게 제자리에 놓아야 퍼즐을 단단하게 맞출 수 있었다.

말을 많이 하는 사람이 이치에 맞지 않는 이야기를 만들어 내려고 그러는 것은 아니다. 그보다는 대단히 복잡한 퍼즐을 만드는 것을 좋아해서 그러는 거다. 상대방이 이해하지 않아도 좋으니 정확한 단어를 사용하려는 것뿐이다.

불행하게도 나는 윙 증후군 때문에 어휘력이 떨어졌다. 단어의 뜻을 완벽하게 익히지도 못했다. 그래서 나는 매번 맥락에 맞지 않는 단어들을 사용했고, 맥락에 맞게 사용된 복잡한 단어들을 제대로 이해하지도 못했다.

"무슨 말인지 모르겠어요."

나는 바보다.

케시 선생님이 한숨을 내쉬었다.

"좀 더 쉽게 설명해 볼게. 물이 일정하게 흐르는 관에 연결된 두 개의 공이 있다고 상상해 봐. 공 하나는 항상 같은 크기를 유지하고 있어. 공에 흘러든 물이 구멍을 통해 흘러나오기 때문이지. 다른 공은 똑같은 양의 물이 들어가는데 구멍이 뚫려 있지 않아. 이해가 되니?"

"네⋯." 케시 선생님이 무슨 이야기를 하려고 그러는지 모르는 채로 나는 고개를 끄덕였다.

"원하든 원하지 않든 구멍이 뚫려 있지 않은 공 안에 생긴 압력은 점점 더 강해질 거야. 시간이 지나면서 공은 점점 커지겠지. 그렇지?"

"당연히⋯."

"수두증 환자에게도 공과 똑같은 일이 일어나는 거란다. 척수액이 혈관계로 제대로 흐르지 않아서 뇌 속의 어느 한 부분에 고이는 거야. 그래서 에밀리오의 머리가 다른 사람들보다 훨씬 더 큰 거야. 아주 느린 속도이기는 하지만 머리가 커지고 있는 것만은 확실해. 수두증은 뇌가 척수액의 압력을 받기 때문에 빨리 치료하지 않으면 자칫 끔찍한 결과가 생길 수도 있지."

수두증에 관한 정보들이 점점 머릿속에 쌓였다.

"태어날 때부터 나타나는 병이에요?" 내가 알고 싶은 것은 바로 이것이었다.

"그런 경우도 있고, 아닌 경우도 있고. 태어날 때는 아무 문제가 없었는데 사고가 생겨서 구멍이 막히기도 해."

"살 수 있어요?"

케시 선생님이 금속 팔찌를 만지작거리기 시작했다.

"같은 반 친구 이름이 에밀리오 로드리게즈가 맞지?

"맞아요. 근데 왜요?"

선생님이 아무런 대답을 하지 않는 것으로 보아 내 느낌이 맞았다.

공이 터지지 않게 하려면 안에 구멍을 뚫어야 한다. 자세히 얘기하자면 뇌척수액이 효과적이고 지속적으로 배출되게 하려면 심장으로 이어지는 관을 달아야 한다. 에밀리오의 경우에는 의사들이 몇 년 전에 이미 늦었다고 진단했다.

이름은 생각나지 않지만, 캐나다에서 말솜씨 좋기로 이름 난 어느 변호사가 사람은 이유가 있어서 세상에 있는 것이라고 했다. 그렇다면 에밀리오가 세상에 있는 이유는 무엇이었을까. 나는 도무지 알 수 없었다. 몇 달이 지나서 케시 선생님에게 에밀리오의 존재 이유를 물어보았다. 선생님은 연구자들이 현대 의료 기술의 발전을 위해 매일 온 힘을 쏟고 있는 것을 정당화할 때 하는 그런 이유를 들었다. 나는 그런 생각이 혐오스러웠다. 에밀리오 같은 사람에게는 죽어 갈 때에나 겨우 관심을 보여 준다.

평소보다 점심을 빨리 먹고 급식실을 나왔다. 내 사물함이 있는 곳으로 가서 슬쩍 주변을 둘러보았다. 어서 빨리 그레이스를 찾고 싶었다. 낚아채듯 가방을 들고는 휴대폰을 꺼내 〈블루 인 그린〉*을 들었다. 이 곡은 재즈의 클래식이라는 평가를 받는 곡이다. 나는 미소를 지으며 생각에 잠겨 길을 걸었다.

* 재즈 트럼펫 연주자 마일스 데이비스가 1959년 발표한 음반 〈Kind of Blue〉에 수록된 곡이다.

걷다 보니 순간 눈 앞에 하얀 벽이 나타났다. 왼쪽으로 꺾어야 한다는 걸 잊고 그만 복도 끝까지 걸어 가고 말았다. 나는 얼른 뒤돌아섰다. 아무도 바보 같은 짓을 한 나를 보지 않았다는 걸 확인하고는 다시 걸어갔다. 사실 어디로 가야 할지 몰라 그냥 음악관으로 들어갔다. 음악관은 무척 넓었다. 전국에서 다섯 손가락 안에 들 만큼 넓고 큰 음악관이었다. 오른쪽에 줄지어 있는 복도에는 각기 다른 음악 양식을 가르치는 교실과 연습실이 있었다. 그래서 복도 입구에 각각의 음악 양식을 상징하는 표지판이 있었다. 전문적인 강의를 위해 사용되는 교실마다 책상이 40개 정도 있었다.

손목시계를 들여다보았다. 12시 24분이었다. 컨트리 음악 복도 앞에서 이어폰을 뺐다. 피아노 반주에 맞춰서 노래를 부르는 남자의 목소리가 들렸다. 반주와 노래가 완벽한 하모니를 이루고 있었다. 어느 학교나 정오부터 오후 1시까지 학생들을 의무적으로 쉬게 해야 한다는 규칙이 정해져 있었지만, 많은 학교가 규칙을 어기고 점심시간에도 다양한 수업을 하고 있었다. 학생들은 자신들의 주요 관심사와 관련된 수십 가지 자료들을 읽으며 공부했다. 교사들은 다음 수업을 준비하면서 학생들과 함께 점심을 먹었다.

'디깅러'인 아이들은 급식실에서 점심을 먹는 일이 거의 없었다. 늘 점심을 가지고 가서 수업을 받는 교실에서 먹었다. 나는 나를 바보로 아는 선생님과 단 1분이라도 더 공부하느니 차라리 내 눈을 뽑아버리는 게 낫다고 생각했다. 그래서 대체로 다른 '구제불능' 아이들과 급식실에서 점심을 먹었다. 나는 그래도 잘 살고 있었다.

재즈 수업을 하는 복도로 향했다. 복도를 걸어가는 동안 악기 소리는 들리지 않아도 금관 악기의 진동을 느낄 수 있었다. 천장에 매달린 형광등에서 쏟아지는 강렬한 빛 때문에 공간이 실제보다 더 넓어 보였다. 그런데도 어쩐지 좁은 방에 갇힌 것처럼 가슴이 답답해서 급하게 문을 두드렸다. 더 넓은 방으로 들어간다고 생각하니 좀 안심이 되었다. 검은 옷을 입은 선생님이 문을 열었다. 선생님의 이 사이에 브로콜리 조각이 끼어 있었다.

"무슨 일이니?" 선생님이 물었다.

"그레이스 웨이크필드의 시간표를 알고 싶어요. 그레이스를 찾아다니고 있거든요."

말하고 나니 내 말이 정신 나간 소리로 들릴 수도 있겠다는 생각이 들었다. 선생님이 잠시 나를 쳐다보았다.

"웨이크필드 말하는 거냐?"

"오늘부터 여기서 수업을 시작할 거라고 했어요. 그레이스는 예전 학교에 개설되지 않은 수업을 받으려고 전학을 왔어요."

선생님은 말없이 책상으로 가더니 산더미처럼 쌓여 있는 서류 더미를 뒤졌다. 그는 서류 하나를 찾아서 재빨리 확인했다.

그러고 나서 내가 있는 쪽으로 돌아섰다.

"네 말이 맞구나. 그레이스는 오늘부터 나에게 재즈 분석 수업을 받을 예정이었어. 하지만 일요일 아침에 다니던 학교로 돌아갔어."

순간 숨이 멎는 것 같았다.

"뭐라고요?"

"일요일 아침에 다니던 학교로 돌아갔다니까. 예전 학교에서 재즈 분석 수업을 개설하기로 결정했대." 선생님은 짜증을 내며 했던 말을 되풀이했다.

"왜요?"

선생님은 안경을 쓰더니 오래도록 나를 바라보았다.

"너는 그레이스를 안다고 말하지 않았니?"

"그런데요?"

"그렇다면 그레이스가 전국에서 가장 유망한 음악 지망생이라는 것을 누구보다 잘 알고 있을 텐데. 그레이스는 또래들보다 훨씬 빨리 배우는 학생이야. 예전 학교 교장은 그레이스가 학교를 떠나게 되면 너무 많은 것을 잃을 거라고 생각했겠지. 그러니까 절대로 그레이스가 떠나게 내버려 두지 않을 거야."

할 말을 다 했다고 생각한 선생님은 문을 닫고 들어가 버렸다. 나는 엄청난 충격에 휩싸여 그저 멍하니 서 있었다.

뛰다시피 빠른 걸음으로 음악관을 빠져나왔다. 얼른 신선한 공기를 마시고 싶어서 출구 쪽으로 내달렸다. 굴러 떨어지듯이 급하게 계단을 내려갔다. 다시 주차장을 가로질러 달렸다. 살얼음이 얼어 있던 웅덩이의 물이 신발에 튀었다. 마음이 온통 뒤죽박죽 엉켜 버렸다. 운동장 스탠드 앞에서 멈춰 섰다.

조금씩 머릿속이 정리되었다. 지난 금요일에 앉았던 자리에 우두커니 서 있었다. 떨리는 손으로 휴대폰을 꺼냈다. 더이상 참을 수가 없었다. 자판이 제대로 눌러지지 않았다. 두번에 한 번은 오타가 났다. 당장이라도 그레이스가 활짝 웃으며 나타날지도 모른다고 기대하며 주변을 둘러보았다. 한 줄기 바람, 빗방울…, 지금 내가 나쁜 꿈을 꾸고 있는 거라고 확인할 수 있는 어떤 징조가 나타나기를 간절히 원했다.

그러나 아무것도 나타나지 않았다. 나쁜 꿈은 현실이었다.

하는 수 없이 그레이스에게 문자를 보냈다.

아스페르거에 계속 있을 거야?

그레이스에게 문자를 보내고 나서 나는 의자 위를 걸었다. 상황을 받아들이려 애쓰고 있었다. 그레이스가 재즈 '디깅러'인 줄은 알고 있었지만 그렇게 엄청난 재능이 있는 줄은 몰랐다. 나를 위해 여기 있어 달라고 할 수는 없었다. 그건 확실했다. 그레이스는 아스페르거에 있으면 훨씬 더 안정된 생활을 할 수 있었다. 그레이스는 내가 없어도 크게 성공할 수 있었다. 문제는 나였다. 그레이스 없이 내가 살아갈 수 있을지 알 수 없었다.

수업 종이 울렸다. 시간을 확인했다. 12시 55분이었다.

교실로 왔지만 나는 크리스토퍼 선생님의 수업을 들을 마음의 준비가 되어 있지 않았다. 태블릿에 뜬 수업 주제는 헨리 머레이가 1943년에 진행한 연구에 대한 힐터의 심리분석 도표였다. 이미 죽은 사람의 심리분석 도표를 안다고 무슨 소용이 있을까?

크리스토퍼 선생님의 수업은 한마디도 귀에 들어오지 않았다. 나는 어떻게 하면 그레이스를 다시 만날 수 있을지 방법을 궁리해 리스트를 만들고 있었다. 죽은 것으로 위장하고 최근에 죽은 청소년의 신분증을 훔치는 것은 어떨까 생각해봤다. 그런데 문제는 정상인 사람처럼 행동할 수 없을 것 같았다.

엄청난 집중력을 발휘해 음절 하나하나를 신중하게 발음하면 못할 것도 없었다. 하지만 나는 말을 할 때 무의식중에 비유적인 표현을 사용하는 바람에 늘 사람들의 이목을 끌게 되곤 했다. 안타깝게도 다른 사람으로 사는 일에 적응할 수 없었다. *엄마 회사의 책임자에게 부탁해서 엄마가 아스페르거 사무실로 옮겨 가는 방법은 어떨까?*

이 방법은 길게 생각할 것도 없이 포기했다. 썼던 페이지를 뜯어내고 조각조각 잘게 찢어 버렸다. 다른 도시로 이사 가 생활이 완전히 바뀐다면 우리 가족은 견딜 수 없다. 무엇보다 윌리엄이 전학을 가야 하는데, 분명 엄청 화를 낼 거다. 윌리엄의 자리는 여기에 있었다.

윌리엄에게 전과 다른 생활을 하라는 것은 넘을 수 없는 큰 산과 같았다. 아빠도 만족스럽게 다니고 있는 직장을 그만두어야 했다. 아빠에게 직장을 그만두라고 하고 싶지는 않았다. 그건 너무 이기적인 행동이었다.

잘게 찢은 종잇조각들이 빙글빙글 돌면서 왁스를 칠해서 반질반질 닦아 놓은 바닥에 떨어지는 것을 멍하니 쳐다보았다. 다른 방법을 생각해 내야 했다.

모든 게 다 시들해진 나는 내 팔찌를 만지작거리다가 빛을 받아 반짝이는 금속 팔찌의 끄트머리를 물끄러미 바라보았다. 그때 문득 해결책 하나가 떠올랐다. 그게 유일한 방법이었다. 생각만 해도 소름 끼치게 무섭지만 그것 말고는 다른 방법이 없었다.

나는 오후 수업 시간 내내 조용히 있었다. 전염병이라도 걸린 것처럼 사람들을 피해 다녔다. 완전히 나 혼자가 되어야 했다.

저녁에 밥을 먹을 때도 말 한마디 없이 음식 접시만 쳐다보았다. 왜 그레이스를 저녁 식사에 데려오지 않았느냐고 엄마가 물었다. 그레이스가 원래 살던 곳으로 다시 돌아갔다고 빠르게 대답했다. 엄마는 차마 아무런 말도 하지 못하는 것 같았다. 아무 말도 하고 싶지 않은 내 마음을 엄마는 이해했다. 이제부터 나는 깊이 생각을 해 봐야 했다.

설거지를 도와준 다음 내 방으로 올라왔다. 오늘 아침 일과를 시작한 이후 처음으로 방에 들어왔다. 가방을 방문 앞에 내팽개쳤다. 너무 피곤해 더 이상 들고 있을 수가 없었다. 나는 책상에 앉아 책상용 스탠드를 켰다. 잠깐 숨을 깊게 들이마신 뒤에 내 서류철을 펼쳤다.

나의 'X' 파일이었다.

이 하얀색 플라스틱 서류철 안에 들어 있는 것이 무엇인지 나는 아주 잘 알고 있었다. 이 안에는 사람들이 주사 바늘을 사용해서 나에게 해 보고 싶어 했던 상상할 수 있고 가능한 모든 실험들이 들어 있었다. 실험에 참여하면 나는 천문학적인 숫자의 보상금을 받을 수 있었다. 점잖은 설득이 통하지 않는다는 걸 알게 된 의사들은 윙 증후군 치료 약을 개발하기 위해 윤리적 선을 넘는 방법을 써 보기로 한 것이다.

나 같은 환자는 극히 드물어서 전 세계 전문가들은 나를 자신의 개인 실험연구소에 데려다 놓고 욕심껏 실험해 보고 싶어 했다. 어떤 실험을 들이밀어도 특별히 마음이 흔들리지 않았었다.

나는 열심히 서류를 뒤졌다. 시간을 절약하려고 각 서류를 요약해 맨 위 오른쪽 귀퉁이에 써 두었다. 연구팀 책임자의 이름, 실험 기간, 간추린 실험 내용 등을 기록해 두었다. 요약한 내용을 빠르게 눈으로 훑어보았다. 금세 내가 원하는 서류를 찾아냈다.

자카리 윙

기간 : 3개월

계획하기와 연역적 추론하기의 수준에서

측면 전전두엽피질의 기능 비교 연구

아스페르거에 있는 윙—리 신경의학 연구소에서 하고 있는 연구였다.

관련된 서류를 시간 들여 꼼꼼하게 읽었다. 읽을수록 긴장이 되었다. 기본적인 테스트는 별문제가 되지 않았다. 그런데 그들이 무슨 실험을 하려고 하는지 알면 알수록, 왜 나에게 엄청난 보상금을 주려고 하는지 이해할 수 있었다. 어느 단계가 되면 그들은 내 혈관에 방사성 추적자를 주입하여 뇌 속의 중추신경계 조직을 떠받치는 세포인 신경교세포에 도달하는 길을 만들 생각이었다. 그런 다음 뇌 내부를 다양한 깊이로 촬영할 수 있는 양전자 단층 촬영을 할 계획이었다. 그렇게 해서 그들은 '디깅러'와 나의 신경교세포 양을 비교할 생각을 하고 있었다.

이제까지 그들이 알아낸 내용에 따르면, 신경교세포는 면역 체계에도 도움이 되지만 건강한 뇌의 발달에도 도움이 된다. 연구자들은 나의 신경교세포 수가 평균에 미치지 못하거나 다른 종류일 수도 있다고 추정하고 있었다.

하지만 내 관심은 온통 방사성 추적자를 주입하는 것에 쏠려 있었다. 방사능에 노출되든 말든 아무래도 상관없었다. 방사성 추적자를 주입한다는 사실이 죽을 만큼 싫고 무서웠다. 그런데 왜 지금 나는 이 서류를 들춰 보며 심각하게 고민하는 것일까?

"기욤?"

나는 일른 돌아앉으며 등 뒤로 서류를 숨겼다. 윌리엄은 자기 침대 끝에 앉아 있었다.

"왜 서류를 보고 있는 거야?"

윌리엄은 내가 평소에 이 서류철을 거들떠보지도 않는다는 것을 알고 있었다. 서류철에 실험에 관한 요약본과 함께 나의 거절 메시지가 들어 있다는 것, 서류 뭉치들에 손가락이 스치기만 해도 불에 데인 듯 화들짝 놀라 얼른 서류를 덮어 버린다는 것을 윌리엄은 알고 있었다.

윌리엄에게서 몸을 돌려 다시 내 책상을 뚫어지게 쳐다보았다. 그리고 우물거리며 말했다.

"그레이스가 살던 곳으로 돌아갔어."

"그래서?"

나는 서류를 높이 치켜들고 의자를 빙그르 돌려 윌리엄을 쳐다보았다.

"나는 그레이스를 다시 만나고 싶어. 이게 만날 수 있게 해 줄 거야. 나는 석 달 동안 아스페르거에 가 있을 거야. 돈은 모두 연구소에서 낼 거야. 가서 몇 가지 검사만 하면 돼."

윌리엄이 서류를 집어 들더니 빠르게 종이를 넘겨 가며 내용을 읽었다. 윌리엄이 왔다갔다하기 시작했다. 그렇지 않아도 왔다갔다하는 증상이 나타날까 봐 걱정하던 참이었다. 불안이 윌리엄의 몸과 마음을 차지해 버렸다.

"기욤, 너는 바늘이라면 무서워서 벌벌 떨잖아."

"맞아."

"너는 그때 몇 년 동안이나 악몽을 꾸었잖아. 몇 시간 동안 근육이 마비된 적도 있어. 몇 달 동안 말을 안 한 적도 있었고. 그래서 그랑댕 박사는 너를 다른 가정에 보내려는 절차를 진행했었지. 그때 너는 유일하게 나하고만 말을 했어. 그것도 2개월 16일 만에 나랑 이야기를 주고받게 된 거였지만 말이야. 엄마 아빠와 선생님은 우리의 신뢰 관계가 깨지지 않기를 바랐어. 그게 네가 다른 가정에 가지 않고 집에 남게 된 유일한 이유야. 내가 너와 헤어져 상처받는 걸 바라지 않았을 테니까. 우리의 신뢰 관계를 유지하기 위해서는 말이야. 게다가 지난번에 학교 보건교사가 네게 예방주사를 맞겠느냐고 물었을 때 너는 무서워서 벌벌 떨었어. 그때 교장 선생님이 나를 찾아와서 너를 진정시켜 보라고 했을 정도로 말이야. 너는 주사를 맞으면 죽을 거라고 믿고 있었잖아."

"그랬지. 기억나." 내가 인정했다.

절대로 잊을 수 없는 일이지….

"그런데 지금은 그레이스를 만날 수 있다는 이유 하나만으로 방사성 추적자를 주입하는 주사를 맞겠다고 말하고 있잖아! 확실히 마음을 정한 거야?"

"그렇게 물어보니까 뭐라고 대답을 해야 할지 모르겠어."

둘 다 아무 말도 하지 않았다. 윌리엄은 자기 책상 의자를 끌어다가 내 옆에 앉았다. 윌리엄이 내 서류들을 더 자세하게 읽기 시작했다. 나는 벽을 쳐다보며 생각에 잠겼다. 금요일 아침까지만 해도 모든 일이 당연하고 단순했다. 일정표에 쓰인 대로 움직였다. 나에 대해 어떤 의문도 품지 않았다. 내 미래는 이미 정해져 있었다. 나는 잘못 태어난 존재일 뿐 아무것도 아니었다. 나는 아무 보람도 없는 일을 하면서 살게 될 운명이었다. 그게 내 삶에서 상상할 수 있고 가능한 일이었다.

나에게는 미래가 없었다. 아무도 나를 있는 그대로 받아들이지 않았다. 나는 장애인이라는 낙인이 찍혔고, 과소평가를 받을 수밖에 없었다. 나는 받아들이는 수밖에 없었다. 나에게 선택권은 없었다. 그것은 편안한 고통이었다.

그런데 색소폰을 연주하는 여자아이가 나와 같은 윙 증후군인데, 그 여자아이는 나에게 선택의 여지가 있다는 것을 증명해 보여 주었다.

그때 휴대폰이 울렸다. 주머니에서 휴대폰을 꺼내 열어 보았다. 그레이스가 나에게 문자를 보냈다. 아스페르거에 계속 있을 거냐고 물어본 질문에 그레이스는 세 마디로 답했다. 그 세 마디는 돌아오겠다는 의미가 아니었다. 아무것도 약속해 주지 않는 답이었다.

난 돌아오고 싶어.

심장 박동이 빨라졌다.

약속해 주지 않아도 상관없었다. 그레이스의 답은 매달려

볼 여지를 주었다.

"윌리엄?" 침묵을 깨고 내가 속삭였다.

"응?"

"사랑에도 '디깅러'가 있을까?"

글로리

나는 가방을 들고 마지막으로 내 방안을 한번 둘러보았다. 침대는 잘 정리해 놓았고, 서랍은 깨끗이 비웠다. 집을 떠나면서 가지고 갈 짐은 아주 적었다. 매주 요일별로 늘 같은 옷을 입기 때문이다.

케시 선생님이라면 가방 두 개에 짐을 싸기가 무척 어려울 것 같다는 생각이 들었다. 아침마다 머리 손질을 하는 데 필요한 것들이 엄청나게 많을 테니까. 선생님이라면 3개월 동안 머리에 바를 젤 없이 지낼 바에는 옷을 포기할 것이다. 그래서 애벌레처럼 안에 아무것도 입지 않은 채로 가운만 입을지도 모를 일이다. 생각만 해도 웃음이 나왔다. 계단을 내려와 부엌에 있는 엄마 얼굴을 본 순간 내 얼굴에서 웃음기는 사라져 버렸다.

엄마는 식탁 의자에 미동도 하지 않고 변함없는 표정으로 조용히 앉아 있었다. 마치 텅 빈 얼음 조각이 되어 버린 것 같았다. 불안과 공포가 엄마를 갉아먹고 있었다.

앞으로 무슨 일이 일어날지 정확하게 예측하기는 어려웠다. 우리 가족은 이런 상황을 몹시 불안해 했다. 나는 늘 변화를 쉽게 받아들였다. 여러 가지 사항을 고려해 보고 생산적인 해결책을 선택했다. 정상인 사람들은 그렇게 하는 게 무척 힘든 일이다. 하지만 나는 한 번도 보통 사람으로 살아 보지 못했기 때문에 왜 그렇게 변화를 힘들어 하는지 이해할 수 없었다. 그렇더라도 어쨌든 나는 현실을 받아들이고 맞춰서 살아야 했다.

어젯밤에 윙 박사와 통화를 했다. 내가 그를 만나고 싶다고 말했을 때 방금 누군가 문을 박차고 들어오기라도 한 것처럼 윙 박사의 숨소리가 거칠어졌다. 전화기 너머로 생생하게 전해졌다.

윙 박사는 깜짝 놀란 것 같았다. 잠시 뒤에 그가 정신을 차리고 물었다.

"확실하게 결정했나요, 캐너 군?"

"꼭 만나고 싶습니다. 작년에 제가 참여했으면 좋겠다고 했던 연구에 대해 다시 생각해 봤어요. 혹시 이미 실험을 진행하셨나요?"

한동안 아무 말이 없었다.

5분 뒤, 나는 윙-리 신경학 실험연구소가 지불한 돈으로 다음 날 오후에 출발하는 기차표를 예매했다.

엄마는 윌리엄과 아빠와 나에게 모두 거실에 모이라고 했다. 세 시간 동안 우리는 앞으로 일어날 일을 의논했다. 가장 기본적인 검사들은 안전했다. 비디오 게임 형태로 만들어진 다양한 시뮬레이션을 통해 나의 신경학적 역량을 측정하는 검사였다.

엄마와 나는 셀 수도 없을 만큼 많은 양의 질문지를 작성해야 했다. 미리 받아 놓은 답변을 바탕으로 나중에 다시 나에게 질문하려는 것이었다. 연구자들은 나의 장기기억에 저장된 기억을 떠올려 내는 능력을 측정하고 싶어 했다. 그들은 내 뇌의 크기도 측정하려고 할 것이 분명했다. 거기까지는 전혀 위험할 것이 없었다. 엄마 아빠도 불안해하지 않았다. 그런 검사들이 어떻게 이루어질지 알고 있었다. 알고 있으니 마음이 놓였다.

그런데 마지막 실험이 무엇인지 읽고 나서 우리 모두 긴장했다. 방사성 추적자를 주입하는 것은 매우 위험했다. 아빠는 여전히 나를 치료할 기회가 있다고 확신했다. 실험을 하고 나서 연구 결과가 나오면 효과적인 치료제가 개발될 거라고 믿었다. 위험한 일이고 시간이 걸리겠지만 그만한 가치가 있을 거라고 했다. 엄마는 내가 방사능에 노출되는 것 때문에 고민이 많았다. 다른 사람들만 치료제의 혜택을 받고 정작 아들은 치료제가 나오기도 전에 죽게 될까 봐 걱정했다. 윌리엄은 내가 주사 공포증 때문에 다시 정신적인 혼란을 겪게 될까 봐 걱정했다.

나는 가족들 모두가 극도로 긴장하는 모습에 당황해서 쩔쩔맸다. 이런 상황을 전혀 예상하지 못했다. 치료제 개발에 성공할지 어떨지 알 수 없었다. 방사능이 나를 죽일지 어떨지도 알 수 없었다. 주사 바늘에 내가 어떤 반응을 보일지 그것도 알 수 없었다. 나는 그저 한번 해 보고 싶었을 뿐이었다.

엄마 아빠를 안심시키려고 갖은 애를 썼지만 아무 소용이 없었다. 20시 30분경 엄마는 그저 말없이 앉아만 있었다. 엄마는 내가 아스페르거에 가는 걸 허락했지만 여전히 내가 아프게 될까 봐 걱정했다. 엄마의 불안이 가장 큰 걱정거리였다. 엄마는 나에게 백 가지도 넘는 백신을 맞게 했던 사람이다. 나한테 미리 알려 주지도 않고 몇 주 동안이나 방에 혼자 있게 했었다. 영양소가 불균형한 음식을 먹게 할 때도 엄마는 나한테 동의를 구하지 않았다. 그런데 지금은 내가 동의해서 하는 일인데도 엄마가 내 건강을 걱정하고 있었다.

엄마와 함께 기차에 오른 나는 창가 자리에 앉았다. 움직이는 기차 안에서 바깥을 바라보는 걸 불안해하는 엄마를 위한 배려였다. 인터넷에 접속해서 메일함을 열고 오늘의 수업 계획안을 확인했다. 기차를 타고 가는 동안 나는 온라인으로 수업을 했다. 시험관 내 수정과 관련된 착상 전 진단에 대한 설명글을 읽고 궁금한 점을 질문 형식으로 만들어 크리스토퍼 선생님에게 보냈다. 과제는 가능한 한 빨리 해치우고 싶었다.

학교에는 이미 3개월 동안 학교에 다닐 수 없다는 사실을 알렸다. 학교에서는 내게 빠진 수업을 보충하는 문제와 관련해 까다롭게 굴지 않았다. 그런 건 조금도 신경 쓰지 않았다.

나는 '구제불능'이라 지금 당장 공부를 그만둔다고 해도 나무랄 사람은 아무도 없었다. 학교에서 볼 때 나는 그저 시간과 돈을 축내는 학생이었다.

하지만 나는 계속 공부하고 싶었다. 계속 새로운 것들을 알려고 하다 보면 결국에는 내 관심사를 찾게 될 거라고 확신했다. 그레이스에게도 일어난 일이니까, 나에게도 일어날 수 있다고 생각했다. 나는 슬며시 미소를 지었다. 나는 정상이 되지는 못할 것이다. 하지만 보다 생산적인 일을 하면서 사회에 통합될 가능성은 있다. 나에게 온 기회를 반드시 잡아야 했다. 그러려면 고통쯤은 참아 내야 했다.

과제 하나를 끝내고 다음 과제로 넘어갈 때 고개를 들어 창밖을 보았다. 창밖의 풍경이 터무니없이 빠른 속도로 지나갔다. 조금 전까지만 해도 줄지어 지나가던 산들이 대도시인 아스페르거에 자리를 내주었다. 전국의 각 지역마다 주요 도시가 있다. 주요 도시는 그 지역의 중심이자 모든 소통이 이루어지는 장소였다. 주요 도시에서는 매일 여러 문화가 마주치고 섞이고 나뉘었다. 다양한 민족들이 서로 이웃하며 살고 있었다.

모든 대도시는 변화가 일어나는 장소였다. 새로운 나라에서 적응한 이민자들은 대도시 주변에 자리를 잡고 벌이가 되는 일을 구했다. 사람들은 대도시를 지나다니지만 계속 머무르지는 않았다. 대도시는 모두 가고 싶어 하지만 살고 싶어 하지는 않았다.

과제를 끝내고 가방에서 자료를 꺼냈다. 깔끔한 글씨로 정리한 요약본이 있어서 내가 참가하려는 실험이 어떤 것인지 바로 머릿속에 떠올랐다.

자카리 웡

기간 : 3개월

계획하기와 연역적 추론하기의 수준에서 측면 전전두엽피질의 기능 비교 연구

엄마 아빠는 내가 위험해질 수도 있다는 말을 지겹도록 여러 번 했다. 이런 연구가 용인되기까지 의사들과 윤리위원회 사이에 오랜 다툼이 있었을 거라는 짐작이 갔다. 사실 이 실험은 좀 터무니없었다. 연구자들은 웡 증후군에 대해 단순

한 관심 이상으로 열의를 보였다. 집착에 가깝다고 할 수 있었다.

나는 자세히 알고 싶어졌다. 서류에 있는 의사의 이름을 검색해 보았다. 검색하자마자 수백 개나 되는 글이 떴다. 자카리 윙의 삶을 담은 기록 영화, 그의 전기와 기사가 끝도 없이 계속 나왔다. 가장 최근에 올라온 글들은 자카리 윙이 얼마 전에 알아낸 내용을 다루고 있었다. 그는 백신에 들어 있는 티메로살이 윙 증후군에 걸린 사람들의 뇌 발달에 어떠한 영향도 미치지 않는다는 것을 증명했다. 백신을 아무리 맞아도 윙 증후군을 치료할 수 없다는 사실을 그가 밝혀낸 거였다.

"이제야 그런 말을 하다니 너무 늦었어." 나는 혼자서 투덜댔다.

그러다 문득 기사 하나가 눈에 확 들어왔다. 몇 년 전에 쓴 글이었다. '자카리 윙의 진실'이라는 제목이 호기심을 자극하는 효과가 있었다. 궁금해서 얼른 클릭했다. 지금은 사람들의 기억 속에서 사라진 연대기 작가가 은퇴하기 전에 쓴 글이었는데, 윙-리 신경학 실험연구소의 실험에 대해서 꽤 상세히 다루고 있었다. 특히 책임자인 윙 박사에 대한 내용이 많은 부분을 차지했다. 그밖에도 윙 박사가 자기 이름이 붙은 윙 증후군의 전문가가 된 이유도 밝히고 있었다.

나는 글을 읽기 시작했다. 작가는 기사 말미에 자카리 윙이라는 사람의 개인사를 폭로했다.

신경학자로서 다양한 연구를 해서 놀라운 진실들을 밝혀낸 윙 박사는 그 공로를 인정받아 많은 상을 받았다. 그러나 독자 여러분에게 이전 글에서 밝혔던 것처럼 그는 자신이 한 일에 만족하지 않았다.

윙 박사가 언젠가 은퇴하면 그의 뒤를 이어 연구를 계속할 사람이 있어야 하지 않겠느냐는 말들이 있었다. 하지만 윙 박사가 은퇴하는 일은 당분간 없을 것이다. 한 인터뷰에서 윙 박사는 신경학적인 기형 때문에 고통받는 사람들이 자신의 상태를 조절하기 위해 매일 약을 먹어야 하는 상황이 계속되는 한 자신의 연구는 끝나지 않을 것이라고 말했다.

장애 아이의 부모들은 윙 박사를 열렬히 지지하고 있다. 윙 박사를 지지한 사람 중 한 사람이면서 지금은 이혼한 박사의 전 아내는 윙 박사를 사로잡고 있는 것이 무엇인지 밝혔다.

아주 오래전 한밤중에 교외에 있는 어린이집에서 시작된 불이 번져서 주변의 집들까지 모조리 타 버린 화재 사건이 있었다. 당시 아홉 살 소년 자카리는 다리를 다쳤지만, 불이 난 집에서 무사히 빠져나왔다. 그때 어린 자카리는 불길을 이기지 못한 건물들이 무너져 내리고, 타오르는 불길이 집들을 집어삼키는 끔찍한 현장을 눈앞에서 보았다.

그리고 열다섯 살이었던 자카리의 누나 엠마뉘엘르가 당시 화재 사건으로 목숨을 잃었다. 엠마뉘엘르는 문제 행동을 줄이기 위해 약을 먹고 잠이 들었다가 제때 잠에서 깨어나지 못한 것이다. 엠마뉘엘르는 윙 증후군 1번 환자였다.

엄마와 나는 한낮에 아스페르거에 도착했다. 18시 30분에 디-벵* 이라는 식당에서 윙 박사를 만나기로 약속이 되어 있었다. 레스토랑의 이름을 그냥 아무렇게나 지은 것이 아니었다. 요리가 하나 나올 때마다 요리사들은 열 가지 종류의 와인을 추천해 주었다. 그중 어떤 것을 골라도 괜찮았다. 요리

---

*   프랑스어로 '열 가지 와인'이라는 뜻이다.

사가 추천한 열 가지 와인은 모두 요리와 잘 어울렸다.

모든 레스토랑이 그런 것처럼 식사하는 동안 자동차 열쇠는 종업원이 가지고 있다가 식사가 끝나면 돌려주었다. 그런데 음주 검사를 통과한 운전자에게만 돌려주었다. 음주 검사를 통과하지 못하면 종업원이 자동차 열쇠를 택시 기사에게 건네주고 손님을 데려다 주도록 했다. 집에 안전하게 도착하고 나서야 손님들은 열쇠를 돌려받을 수 있었다.

레스토랑에서 윙 박사를 만나기로 한 시간까지 몇 시간 남아 있었기 때문에 남은 시간 동안 호텔에서 시간을 보냈다. 윙-리 신경학 실험연구소 측에서 특급 호텔의 스위트룸을 예약해 주었다. 그렇게 놀라운 일은 아니었다. 그들은 일 년 동안 실험에 참여하겠다는 내 연락을 기다렸다. 그랬으면서도 정말로 그런 날이 올 거라고 상상도 못한 것 같았다. 그런데 내가 별안간 나타났으니 그들에게는 기적이나 다름없는 기회였다. 그들은 그 기회를 놓치고 싶지 않았을 것이다.

호텔 종업원이 우리 방까지 짐을 들어다 주고 웰컴 선물을 주었다. 나는 그런 일들이 재미있었다. 별안간 나는 중요한 사람이 되었다. 갑자기 가치 있는 사람이 되었다.

방에 들어가자마자 오후에 하고 싶은 일이 있다고 엄마에게 말했다. 엄마는 아무것도 묻지 않았고 아무 말도 하지 않았다. 무슨 일인지 짐작하고 있는 것 같았다. 그리고 나에게 하지 말라는 말은 하지 않을 작정인 것 같았다.

샤워를 하러 욕실로 갔다. 넓은 욕실에는 스테레오가 갖추어져 있었다. 휴대폰과 연결하니 스피커 소리가 샤워실 안에서만 울렸다. 혹시나 소리에 민감한 사람이 객실에 있으면 불안해할까 봐 그런 것이었다. 나는 〈글로리〉*를 들었다. 들을수록 가사를 더 잘 따라 부를 수 있게 되었다. 욕실에서 나와 화요일의 옷으로 갈아입었다. 집에서 입던 옷 그대로 기차를 타고 와서 옷을 갈아입어야 했다. 노래의 후렴구를 흥얼거리면서 빨간 스웨터를 입었다.

소매를 걷어 올렸더니 팔찌의 초록색이 스웨터 색깔과 너무 대비되어 튀어 보였다. 소매를 내리려다가 생각을 바꿨다. 옷소매를 팔꿈치까지 걷어 올렸다. 이제 팔찌를 가리고 싶지

---

* 2014년에 개봉한 영화 〈셀마〉의 주제곡으로 존 레전드와 커먼의 컬래버레이션 곡이다. 영화 〈셀마〉는 1960년대 인종 차별에 저항한 흑인들의 이야기를 다루고 있다. 〈글로리〉의 가사에도 인종 차별에 저항하여 승리하자는 메시지가 담겨 있다.

않았다. 나는 그레이스와 같은 내가 자랑스러웠다. 초록색 팔
찌는 내가 남들과 다르다는 표시가 아니라 그레이스와 닮았
다는 표시였다.

모든 사람들이 그걸 알아봐 주기를 바랐다.

그때 한 가지 생각이 머리에 떠올랐다. 생각대로 실행해 보
리라 마음을 먹고 태블릿에서 지도를 다운받은 다음 호텔을
나섰다. 나는 지도에 표시된 길을 확인하며 아주 천천히 걸었
다. 시간이 조금 지나자 지도를 보며 걷는 일이 한결 수월해
졌다. 시계를 봤더니 15시 37분이었다. 태블릿에는 목적지까
지 걸어서 35분 걸린다고 나왔다. 뭔지 모를 두려움이 나를
사로잡았다. 시간이 촉박했다.

서둘러 바람막이 점퍼 주머니에 태블릿을 집어넣었다. 목
에 머플러를 두른 다음, 대도시의 도로를 전속력으로 달리기
시작했다. 주변의 건물들은 하늘을 뚫어 버릴 기세로 높이 솟
아 있었다. 내가 너무 작게 느껴졌다. 도시의 거대함에 숨이
막힐 것 같았다.

나는 오른쪽으로 돌아 사람들이 좀 덜 지나다니는 길로 들
어섰다. 들어서자마자 그다지 높지 않은 주택들이 나왔다. 낮

은 주택들을 보니 마음이 좀 편안해져서 잠시 눈을 감고 있었다. 그러다 아시아 음식점 앞에서 배달하는 사람과 부딪쳤다. 눈더미 위로 넘어진 그가 중국말로 나에게 마구 화를 냈다. 그가 무슨 말을 하는지 전혀 알아들을 수 없었지만, 무척 화가 나 있는 것은 짐작할 수 있었다. 하지만 나는 그를 도와줄 시간이 없었다.

나는 시간과 다투는 중이었다. 수업 시간에 배웠던 중국어를 어렵게 떠올려 뻔한 변명을 늘어놓고는 도망치듯 전속력으로 달렸다. 왼쪽으로 돌면서 제발 그가 쫓아오지 않기를 바랐다. 나는 땀을 흘리며 꽃집으로 들어갔다.

숨 돌릴 새도 없이 택시를 부르고 나서 꽃집 주인에게 파란 장미 열다섯 송이를 달라고 했다. 꽃집 주인이 자연에서 자라는 파란 장미는 없고 우리가 보는 파란 장미는 모두 유전자 변형으로 만들어진 것이라고 했다. 그런 건 아무래도 괜찮았다. 그냥 파란 장미 중 좋은 것으로 골라 달라고 했다.

택시에 올라탄 시각이 15시 52분. 나는 뛰어들다시피 택시 뒷좌석에 탄 다음, 택시 기사에게 주소를 주면서 말했다.

"16시 전에 도착하면 추가 요금 10달러를 더 낼게요."

택시 기사는 당황한 표정으로 잠시 나를 쳐다보더니 곧 소리 내어 웃으며 말했다.

"아스페르거에 온 걸 환영한다." 그러고 나서 택시 기사는 힘차게 액셀을 밟았다.

나는 말 없이 창밖만 바라보고 있었다. 그는 운전을 아주 잘했다. 정확하게 어디로 가서, 언제 돌아야 하는지, 언제 속도를 내야 하는지를 잘 알고 있었다. 택시 기사와 대중교통의 운전기사들 모두 지리 정보학 '디깅러'였다. 간단히 말하자면 지리적 자료 정리에 도움이 되는 도구와 방법을 통틀어 '지리 정보학'이라고 부른다. 지리 정보학에 능통한 사람들은 자기가 사는 도시의 표지판, 신호등이 바뀌는 시간, 인터체인지를 속속들이 알고 있었다. 지리 정보학 '디깅러'들은 최고의 운전자들이었다.

택시가 길모퉁이를 돌 때, 기사는 뒷좌석에 앉은 내 얼굴을 룸 미러로 보면서 물었다.

"이봐, 네가 지금 무슨 짓을 하고 있는지 알아?"

"아저씨도 마찬가지예요." 나는 그의 질문을 이해하지 못한 채 30달러를 건네며 내뱉듯 말했다.

차에서 내리는데 택시 기사가 껄껄대며 웃는 소리가 들렸다. 택시가 어디로 가는지 쳐다보지도 않고 빠른 걸음으로 주차장을 가로질렀다. 다시 한번 시계를 봤다. 15시 59분이었다.

종이 울렸다. 나는 송이송이 떨어지는 눈을 자세히 보려고 돌계단 난간에 등을 기대고 섰다. 눈이 내리는데도 주변 공기가 따뜻하게 느껴졌다. 그때 건물이 느리게 진동하는 느낌이 들었다. 몹시 흥분한 수백 명의 학생들이 내딛는 구둣발에 건물 바닥이 얻어맞고 있는 중이었다. 학교 현관문이 열리고 학생들이 파도처럼 한꺼번에 밀려 나왔다. 학생들은 여러 언어로 이야기를 나누며 흩어져 주차장 쪽으로 갔다. 그러고는 마치 물에 소금이 녹듯이 사라졌다.

마침내 그레이스가 나타났다. 장밋빛 백팩 두 개를 메고 하얀 외투를 입고 있었다. 나는 손을 뻗어 그레이스가 손에 들고 있는 색소폰 케이스의 손잡이 하나를 잡았다. 그레이스가 색소폰 케이스의 나머지 손잡이를 꼭 붙잡고 매달리면서 우르르 몰려가던 아이들 사이에서 빠져나왔다.

그레이스는 한참만에야 자기 앞에 서 있는 나를 알아보았다. 그레이스는 깜짝 놀라 색소폰 케이스를 땅에 떨어뜨리고 말았다. 그레이스의 초록색 눈동자가 놀라서 나를 쳐다보고 있었다. 그레이스는 무척 지쳐 보였다. 나는 모든 게 잘 될 거라고, 다시는 그레이스가 내 곁을 떠나게 하지 않을 생각이라고 말하고 싶었다. 하지만 어떻게 내 생각을 전해야 할지 몰랐다.

그레이스의 목에서 햇빛을 받아 반짝거리는 것을 보았다. 그러자 내가 하고 싶은 말들이 자연스럽게 떠올랐다.

"이 목걸이를 항상 내 곁에 두고 지키겠다고 이자야에게 약속했잖아. 나는 지금 그 약속을 지키는 중이야." 그레이스에게 그때 했던 약속을 상기시켰다.

그레이스는 계속 고개를 숙이고 바닥만 쳐다보았다. 금발의 곱슬머리가 흘러내려 얼굴을 가렸다. 나는 이 순간을 놓치면 안 되었다. 또다시 그레이스를 떠나 보내고 싶지 않았다.

"네가 온 이유가 그거 하나뿐이니?"

"그 이유만은 아니야."

나는 조심스레 그레이스의 턱을 들어 올렸다. 그레이스가 나를 바라보았다. 나는 그레이스에게 등 뒤에 감추고 있던 파란 장미 꽃다발을 주었다.

"이게 다른 이유야."

꽃을 받아 든 그레이스는 잠시 감탄하는 눈으로 꽃을 바라보았다. 그러더니 나를 안아 주었다. 나는 손으로 그레이스의 머리칼을 쓸어내렸고, 그레이스는 내 어깨에 얼굴을 파묻었다. 내 심장이 점점 더 빨리 뛰었다. 나를 안고 있는 그레이스의 팔을 풀고 보청기를 건드리지 않으려고 조심하면서 손으로 그레이스의 얼굴을 감쌌다.

"그리고 이게 마지막 이유야. 사랑해."

"사랑해." 그레이스가 말했다. 그리고 키스했다.

해피 엔딩

나는 윙–리 신경학 실험연구소에 있었다. 차라리 실험실에 갇혀 있다는 편이 더 맞는 말이었다. 모든 일이 예상했던 대로 흘러가지는 않는 법이다.

전날 엄마와 자카리 윙 박사와 함께 레스토랑에서 서류에 사인할 때만 해도 나는 자신이 있었다. 윙 박사는 들떠 있었다. 그에게 일생일대의 기회가 온 것이었으니 그럴 만도 했다. 실험에 참가할 수 있는 유일한 윙 증후군 환자와 마주앉아 있었으니까. 그리고 얼마 뒤에는 그 유일한 윙 증후군 환자가 자신의 연구소에 가서 그가 바라던 모든 검사를 받을 준비를 할 참이었으니까.

내가 내세운 조건은 딱 한 가지였다. 방사성 추적자를 가능하면 빨리 내 몸에 주입해 달라는 것이었다. 나는 그 일을 빨리 해치우고 두려움에서 벗어나고 싶었다. 서류를 보면 언제든 실험을 그만둘 수 있다는 내용이 들어 있었지만 내가 실험에 완전히 동의했다는 것을 윙 박사에게 분명히 말했다. 그래도 어쨌든 주사를 맞을 때 심하게 저항할 수 있다고 윙 박사에게 미리 말해 두었다. 그는 내 말에 전혀 개의치 않았다. 주사 맞을 때 잠시 머뭇거리더라도 전문가로 이루어진 그의 팀이 노련하게 대처할 거라고 장담했다.

내가 바늘을 보고 정신을 잃을 수도 있다는 것을 그는 꿈에도 생각하지 않았다.

검사가 시작되고 처음 몇 분 동안은 모든 게 순조로웠다. 그들은 내 몸무게를 재고, 체질량지수를 계산하고, 평소 식습관에 대해 질문했다. 그리고 혈압을 잰 다음, 간호사가 그만 치명적인 실수를 저지르고 말았다.

"이제 주사 놓기 좋은 혈관에 위치 표시할게요…."

나는 내 오른쪽에 있는 바퀴 달린 테이블 위에 보란 듯이 놓여 있는 주사기를 보고 말았다.

그건 치명적 실수였다.

갑자기 내 몸안에서 공기가 빠져나가 버렸다. 검사실 한가운데에 놓인 초록색 가죽 안락의자에 앉아 있던 나는 심장이 너무 세차게 뛰어서 가슴 아래의 심장이 고스란히 느껴질 지경이었다. 손이 벌벌 떨리기 시작했다. 내 모습을 보고 간호사가 뒤로 한 발짝 물러났다. 윙 박사가 간호사에게 아무런 언질도 주지 않은 것이 확실했다. 수천 마리의 벌레들이 내몸 곳곳을 기어다니는 것 같은 느낌이 들었다. 코, 귀 할 것없이 내 몸에 난 모든 구멍으로 벌레들이 기어들어 가는 것같았다. 온몸에 소름이 돋았고 도무지 견딜 수가 없었다.

숨이 쉬어지지 않았다. *난 죽을 거야, 난 죽을 거야, 죽을 거야.* 나를 둘러싸고 있는 모든 것이 나를 공격했다. 여기 이대로 있을 수 없었다. 그런데 움직일 수도 없었다. *벗어나고싶어. 벗어나야 해.*

내가 안정을 되찾기까지 아주 오랜 시간이 흘렀다. 정확히얼마나 걸렸는지 모르겠다. 차츰 몸의 떨림이 잦아들면서 겨우 진정이 되었다.

나는 천천히 의자에서 상체를 일으켜 세웠다. 축축해진 가죽 의자에 땀으로 범벅이 된 내 피부가 딱 달라붙어 있었다.

주변에는 아무것도 없었다. 간호사들이 모든 기계와 테이블, 도구들을 치워 버렸다. 뒤편에 자물쇠로 잠긴 커다란 금속 옷장 하나만 덩그러니 놓여 있었다. 내가 다칠까 봐 주변에 있는 것들을 다 치운 모양이었다.

자리에서 일어나자 마비된 것 같은 팔다리에 서서히 감각이 돌아왔다. 문이 있는 쪽으로 걸어가 문을 열려고 했다. 그런데 손잡이가 꿈쩍도 하지 않았다. 그들이 밖에서 잠가 놓았다.

나는 깜짝 놀라 문을 두드렸다. 몇 초도 지나지 않아 문이 열리고 웡 박사가 나타났다. 박사는 복도에 있는 의자에 앉아서 속수무책으로 나를 기다리고 있었다. 그 시간이 얼마나 길었는지 나는 알 수 없었다. 박사가 조심스럽게 방 안으로 들어왔다. 등을 구부리고 있는 그는 의기소침해 보였다.

"몸은 좀 괜찮아졌니?"

"배고파요. 무슨 일이 있었던 거예요?"

"네가 공포 발작을 일으켰어."

"그럴 리가 없어요!"

"그랬어."

"그럴 리가….."

"몸에 힘이 없니?"

"네….."

"그러면 공포 발작을 일으켰던 게 맞다." 그가 오렌지 주스를 건네며 확실하다는 듯 말했다.

"너는 주사기를 보고 죽을 것 같다고 생각했지. 몸의 반응을 너 스스로 제어할 수 없었던 거야. 네가 주사에 저항이 있다는 것은 알고 있었어. 지난 화요일에 너한테 들었으니까. 그런데 문제가 이렇게 심각할 거라고는 미처 예상하지 못했다."

윙 박사는 안락의자에 앉아 안경을 벗었다. 그는 나를 똑바로 보지 않았다. 시선을 내리깔고 바닥을 쳐다보았다. 적갈색 머리칼에 군데군데 섞여 있는 회색 머리칼이 그의 나이를 짐작하게 했다. 작고 검은 눈은 눈가의 주름들 한가운데에 푹 파묻혀 있었다. 그리고 반질거리는 오래된 나무 지팡이가 그가 앉은 의자 옆에 놓여 있었다.

"캐너 군, 왜 여기에 왔지?"

나는 방 한구석 쪽에 몸을 기댔다.

"과학 발전에 기여해 보려고요."

"캐너 군, 왜 여기에 왔지?" 정확하게 똑같은 어조로 그가 다시 물었다.

오, 이런!

"어떤 여자아이를 만났어요…."

그런 이야기에는 관심이 없다는 듯 그가 지팡이로 바닥을 두드렸다.

"그 여자아이는 내가 다른 사람처럼 살 수 있다는 것을 증명해 주었어요. 내가 '디깅러'가 될 수 있고, 발전할 수 있다는 것을 증명해 주었어요. 장애가 있는 사람도 완전한 권리를 가진 사람이 될 수 있다는 것을 보여 주었어요."

"그랬는데?"

나는 고개를 떨어뜨렸다.

"그런데 내가 어떻게 해야 할지 가르쳐 주지도 않고 그 여자아이가 다시 아스페르거로 가버렸어요. 그 여자아이를 다시 만날 수 있는 가장 합리적인 방법은 여기에 와서 박사님이 나에게 하고 싶어 하는 실험에 참여하고 자유 시간에 그 여자아이를 만나는 거였어요. 오늘까지는 모든 게 잘 되고 있었죠."

어느새 나는 웃음 짓고 있었다. 어제저녁, 나는 그레이스를 호텔에서 만났다. 엄마는 레스토랑에서 웡 박사와 만난 뒤 바로 집으로 돌아갔다. 그레이스와 나는 좋아하는 재즈 음악을 듣고, 우리가 살면서 실패하고 좌절했던 일들을 서로에게 이야기해 주면서 즐거운 시간을 보냈다. 나는 웡 증후군 때문에 별의별 일을 다 겪었지만, 지금까지 그런 이야기를 털어놓을 사람을 만나지 못했다. 그레이스를 만나기 전까지는 그랬다. 이야기들이 늘 해피 엔딩으로 끝나는 것은 아니었다. 하지만 그레이스와 함께 있으면 내가 겪은 일들이 훨씬 더 가벼운 이야기가 되어 되살아났다.

그레이스는 어렸을 때 일주일 동안 새를 흉내 냈던 이야기를 들려주었다. 그레이스의 부모님도 우리 부모님이 그랬던 것처럼 '우리 아이가 실수로 잘못 처방 받은 약을 먹어서 야생동물인 것처럼 행동하는 것이다'라는 설명을 믿고 거기에 나오는 해결 방법을 따랐다. 한 번은 딸이 귀신에 홀렸다고 굳게 믿은 적도 있었다. 그때는 그레이스가 아무 의미도 없는 것을 그렸기 때문이었다. 그레이스의 남동생은 한 번도 의미 없는 것을 그린 적이 없었다.

우리는 눈물이 줄줄 흘러내릴 정도로 웃었다. 우리가 절망했던 일들을 서로 이야기하다가 그레이스는 잠이 들어 버렸다. 잠시 후에 나도 잠이 들었다.

꿈속에서 우리는 마침내 우리 집에 있었다. 무너지지 않고 서 있는 것이 용할 정도로 허름한 집이었지만 우리가 함께 있는 우리 집이었다. 우리들이 가지고 있던 상처는 받아 마땅한 승리의 표시였나. 우리들의 상처는 우리가 끊임없이 싸워 온 발자취였다.

우리는 이겼다. 우리는 안전한 곳에 있었다.

윙 박사가 일어섰다.

"네 이야기대로라면 그 여자아이도 너처럼 윙 증후군 진단을 받았다는 것인데 이름이 뭐지?"

나는 거칠게 고개를 돌렸다.

"그 애의 신분은 밝히지 않을 거예요."

윙 박사는 꼼짝도 하지 않았다. 잠시 그는 무방비 상태로 있었다.

"나에게는 그럴 권리가 있어요. 나는 그 애를 보호할 거예요." 내가 선언하듯 강경하게 말했다.

그는 놀라서 입을 다물지 못했다. 나한테는 한없이 길었던 시간이 지나갔다. 다시 기운을 차린 윙 박사가 지팡이를 손에 들고 문 쪽으로 갔다. 복도로 나간 그가 내게 말했다.

"사랑에 빠지면 판단력을 잃게 되는 이유가 뭔지 아니?"

"뭔데요?"

"현실이 흉측하기 때문이란다."

뭐라고 대답해야 할지 몰라서 아무 말도 하지 못하고 있는 사이에 그는 가 버렸다. 그러고 나서 더 젊어 보이는 여자 의사가 들어오더니 다음 날 다시 오라고 말했다. 연구팀은 내 혈액을 채취할 때 발작이 일어나지 않게 할 방법을 여전히 고심하고 있었다. 나는 진정제를 먹은 다음 진정제 성분이 들어 있다는 것을 고려하여 검사 결과를 검토하면 어떻겠느냐고 의견을 제시했지만 그건 안 된다고 했다. 윙 박사는 반드시 필요한 경우가 아니면 환자에게 약물을 투여하는 것을 금지했다.

의사가 충고한 대로 연구소를 나와서 사람이 없는 한적한 곳을 찾아다녔다. 바람이 제법 강하게 불었다. 가는 길에 처음 발견한 카페로 서둘러 들어갔다. 가게에서 원두를 직접 볶는 카페였다. 커피 원두 냄새와 갓 구운 비스킷 냄새를 맡으니 거기 오래 있고 싶어졌다. 핫초코와 햄 샌드위치를 주문했다. 그런 다음 수업이 끝나면 나를 만나러 오라고 그레이스에게 메시지를 보냈다.

메시지를 보내고 테이블 위에 휴대폰을 내려놓자마자 답이왔다. 그레이스의 수업 시간이 이미 끝난 것을 알고 깜짝 놀랐다. 연구소에 들어갔을 때 이후로 처음 시계를 봤다. 17시13분이었다. 내가 공포 발작을 일으켰던 시간은 총 네 시간이십육 분이었다. 윙 박사가 여전히 방사성 추적자를 내게 주입하고 싶어 하는지는 알 수 없었다. *그는 여전히 나를 붙잡아 두어야 할 거야.* 당장 그만두겠다고 말하러 가고 싶었다. 그렇더라도 어느 정도는 내가 참고 견뎠다는 것을 그들에게 증명해 보여야 했다. 분명 여기 더 오래 머물러야 하는 상황이고, 더 오래 머무르게 되는 것이 전혀 싫지 않았다.

그레이스가 보낸 문자를 읽었다. 그레이스는 17시 25분경에 도착한다고 했다. 샌드위치를 먹고 신문을 보면서 그레이스를 기다리기로 했다. 평소에 신문을 보지 않았지만 달리 할 일이 없었다. 신문을 3면까지 읽다 그만두고 태블릿을 꺼냈다. 지도를 보니 카페에서 20미터 떨어진 곳에 음반 가게가 있었다. 카페 종업원에게 10분 정도 나갔다 오겠다고 말했다. 종업원은 테이블을 치우지 않고 그대로 두겠다고 했다.

나는 바삐 걸었다. 바람이 휘몰아치더니 내 얼굴을 때리고 지나갔다. 차가운 기운이 목 안으로 파고들었다. 추위를 막아 보려고 머플러로 꽁꽁 싸매고 바람막이 점퍼의 지퍼를 끝까지 올렸다. 음반 가게에서 꼭 사고 싶은 것이 있었다. 가게에 들어가자마자 금세 음반을 찾았다. 가게 주인이 가격을 두 배나 비싸게 불렀지만 불평하지 않았다. 두 배를 주고 사도 아깝지 않을 만큼 지금 당장 꼭 필요했다.

오는 길에는 바람이 뒤에서 불어서 훨씬 수월했다. 덕분에 카페에 들어갈 무렵, 나는 눈사람이 되어 있었다. 자리에 앉기 전에 머리와 몸을 흔들어 눈을 털어냈다. 그러다 옆에 있던 사람들에게 차가운 눈이 튀었다. 그 사람들은 크게 신경쓰지 않는 것 같아서 마음이 놓였다.

내가 점퍼를 벗고 있는데 두 주먹을 허리에 대고 그레이스가 서 있었다.

"내가 왔는데 보지도 않네." 그레이스가 투덜댔다.

"천사는 원래 사람들 눈에 띄지 않는 법이야."

그레이스가 웃었다. 나는 그레이스를 안아 주었다. 외투는 축축하게 젖어 있었다. 하지만 그런 건 중요하지 않았다. 나는 벌써 기분이 좋아졌다. 자리에 앉자마자 그레이스 앞에 비닐 가방을 내려놓았다.

"이게 뭐야?"

"열어 봐."

궁금하다는 표정으로 가방을 쳐다보던 그레이스가 가방을 열고 퀸의 음반《더 웍스》를 꺼냈다.

"네가 재즈에만 관심이 있다는 건 알아. 하지만 이건 네가 가지고 있지 않은 전설적인 음반이니까 선물하는 거야."

그레이스는 머리를 한쪽으로 기울인 채 한동안 나를 쳐다보았다. 이유를 말하기는 어렵지만 이보다 더 아름다울 수는 없었다. 딱 한 가지 이유로 우리 둘이 여기에 있는 거라면 그 이유는 내가 그레이스를 사랑하기 때문이라는 것을 나는 알고 있었다.

그레이스가 내 이마에 입을 맞추고 모카 커피를 주문하러

갔다. 내 감정을 꼭꼭 숨겨 놓으려고 애를 쓰지만, 아무리 숨기려 해도 웃음이 비죽비죽 새어 나왔다. 그레이스가 돌아오기를 기다리면서 핫초코를 손에 들고 신문을 뒤적였다.

누군가는 죽고 누군가는 태어난다. 특별히 놀라운 것은 아무것도 없었다.

그때 신문 14면 상단에 있는 사진이 눈에 들어왔다.

내가 들고 있던 잔이 손에서 미끄러져 산산조각이 났다.

Love For Sale*

탐스러운 젊은 사랑을 팔아요.
Appetizing young love for sale

내 물건을 사고 싶다면
If you want to buy my wares

나를 따라 계단으로 올라와요.
Follow me and climb the stairs

사랑을 팔아요.
Love for sale

유치하게 사랑을 말하는

시인들은 그냥 내버려 둬요.
Let the poets pipe of love
in their childish way

---

* 1930년 뮤지컬 〈더 뉴요커〉를 위해 콜 포터가 작곡한 노래. 금주법 시대에 창녀의 눈으로 본 세상을 노래하고 있다. 이후 1954년 빌리 홀리데이를 비롯해 많은 가수가 리메이크한 명곡이다. 가사 내용 때문에 오래도록 외면당하기도 했지만, 1960년대 이후 재즈 연주자들의 단골 레퍼토리로 자리 잡았다.

난 모든 종류의 사랑을 알아요.
I know every type of love

그들보다 훨씬 더 많이
Better far than they

사랑의 짜릿함을 느끼고 싶다면
If you want the thrill of love

나는 온갖 사랑을 다 겪어 봤어요.
I've been through the mill of love

8번 환자

나는 카페에서 뛰쳐나왔다. 그레이스가 내 이름을 부르며 뒤따라 달려왔다. 아무 소리도 들리지 않았다. 무작정 걸었다. 어느새 나는 자동차의 경적 소리에 둘러싸여 버렸다. 운전하던 사람들이 내게 욕설을 퍼부었다. 나는 이 길을, 다른 길을, 또 다른 길을 건너고, 건너고, 또 건넜다. 어느 고층 빌딩의 넓디 넓은 주차장에 멈춰 섰다. 어디에도 갈 데가 없었다.

"기욤! 무슨 일이야?" 나를 따라잡은 그레이스가 소리쳤다.

나는 주먹을 꼭 쥔 채 그레이스를 돌아보았다.

"넌 누구야?"

그레이스가 깜짝 놀라 나를 머리에서 발끝까지 탐색하듯 살폈다.

"그게 무슨 말이야? 난 그레이스 웨이크필드야. 우린 지난 금요일에도 만났잖아."

"넌 내가 지난 금요일에 만났던 그레이스 웨이크필드가 아니야. 내가 만났던 그레이스 웨이크필드는 세상에 없어." 나는 뱉어내듯 말했다.

"네 앞에 이렇게 서 있잖아."

나는 손에 쥐고 있던 신문 뭉치를 그레이스의 얼굴을 향해 집어 던졌다. 그레이스가 신문을 펼쳤지만 나는 읽을 시간도 주지 않고 퍼부었다.

"너는 이 도시 전체에서 가장 뛰어난 청소년, 그레이스 웨이크필드지. 나라 전체에서 가장 뛰어난 색소폰 연주자 중 한 명이고. 여성 과학자상도 받았어. 게다가 너는 발달 장애 예방을 위한 유전학 연구를 하고 있어."

"네가 생각하는 그런 게 아니야…."

나는 그레이스의 눈을 들여다봤다. 그레이스가 고개를 돌려 시선을 피했다. 나는 그레이스의 가방을 낚아채 열었다.

가방 바닥에서 금속 조각들이 부딪치는 소리가 났다. 나는 가방 깊숙이 손을 집어넣어 금속 팔찌를 꺼냈다.

두 개는 초록색, 세 개는 빨간색이었다. 나는 역겨워서 팔찌를 바닥에 내동댕이쳐 버렸다. 그리고 다시 그레이스 앞으로 갔다. 내 목소리가 갑자기 커졌다.

"내가 무슨 생각을 하는데? 나는 한마디 말도 하지 않았어. 그런데 넌 내 행동만 보고 도대체 어떤 결론을 내린 거지? 네가 거짓말쟁이라는 거? 네가 희귀병을 연구해 보려고 나를 이용했다는 거? 네가 나를 사랑하지 않는다는 거?"

나는 눈을 감았다.

"대단해! 네가 옳아. 다시 한번 칭찬해."

나는 어디로 가야 할지도 모르면서 무작정 달렸다. 눈은 몰아치는 바람 속에서 얼음과 섞였다. 눈발이 꽁꽁 얼어 있는 얼굴을 후려쳤다. 눈물이 뺨을 타고 흘러내렸다. 너무 추워서인지, 신문 기사 때문인지 나도 알 수 없었다. 이런 감정을 느끼는 것조차 역겨웠다. 부끄러웠다.

"이유가 있었어!" 그녀가 쫓아오며 부르짖었다.

나는 그 자리에 우뚝 멈춰 섰다.

"네가 한 짓은 변명의 여지가 없어."

"너는 내가 살아온 이야기를 모르잖아. 너는 다른 사람들의 이야기를 듣고 알아주는 사람이야. 하지만 내 이야기는 모르잖아."

그녀가 항의했다.

"네 이야기는 절대로 듣고 싶지 않아."

"나는 너에게 선택할 수 있다는 희망을 주는 존재가 아니야…. 사실 나는 아무런 병도 없어. 나는 색소폰 '디깅러'야. 음악에 둘러싸여 살았기 때문이야. 나는 음악가 집안에서 태어났어. 엄마는 바이올리니스트이고 아빠는 트럼펫 연주자야. 남동생은 피아니스트이고. 내가 너에게 재즈만 생각하며 살았다고 말한 것은 사실이야. 재즈는 내 인생의 모든 것이야." 그레이스가 다급하고 거친 말투로 긴 이야기를 시작했다.

"나한테는 언니가 있었어. 이름이 로즈였어. 어린 시절 내내 나는 언니를 이해하지 못했어. 우리는 한 번도 서로를 제대로 이해한 적이 없어. 그래서 나는 엄청난 좌절감을 느꼈어. 언니한테 문제가 있다는 건 알았지만 도울 방법이 없었어. 언니는 우리에게 아주 작은 기회도 주지 않았어. 언니는 다섯 살 때 진단을 받았어.

언니는 윙 증후군이었어. 8번 환자였지. 나는 그게 무슨 의미인지 몰랐어. 그때 나는 세 살이었으니까. 시간이 흐르면서 언니한테 무슨 일이 있는지 조금씩 알게 되었어. 언니가 왜 다른지도. 나는 언니에게 쉬지 않고 질문을 했어. 언니의 행동을 하나하나 따져 보고 퍼즐을 맞춰 보려고 노력했어. 언니의 입장에 서보려고 했고 언니가 세상을 인식하는 방식으로 세상을 보려고 애썼어."

그레이스의 몸이 앞뒤로 흔들렸다. 흐느껴 울고 있었다.

나는 잠자코 그레이스의 이야기에 귀를 귀울였다.

"그런데 문제가 있었지. 로즈는 소리를 듣지 못했고 말도 못 했어. 아무 소리도 듣지 못하고, 아무 소리도 만들어 내지 못하는 아이가 있다고 생각해 봐. 말을 못 하는 건 말을 하지 않는 거랑은 완전히 달라. 말을 하지 않는 사람들은 적절한 도움을 받으면 결국에는 표현할 방법을 찾게 돼. 그런데 언니는 무슨 방법을 써도 말을 할 수 없었어. 언어가 뭔지, 소리가 뭔지, 음악이 뭔지 몰랐을 테니까. 네가 그걸 이해할 수 있을

지는 모르겠어. 하지만 듣지 못하고 말도 못 하는 아이가 음악을 하는 집안에서 산다는 것은 좋은 상황일 수 없었어.

나는 포기하지 않았어. 언니 문제라면 어떤 손해를 보더라도 상관없었어. 두 명 몫의 말을 했고, 두 명 몫으로 열심히 살았어. 학교에 가면 놀림을 당하는 언니를 보호했어. 어렸을 때 언니가 흥분해서 폭발하면 언니가 때리는 대로 맞았어. 일이 커지지 않았으면 했고 언니의 화를 가라앉히고 싶었으니까. 밤마다 나는 윙 증후군에 대한 논문을 읽었어.

언니는 장애인이 아니야. 언니는 보통 사람과 달랐을 뿐이야. 내가 언니를 비유해서 자주 하는 말이 있어. 내가 어쿠스틱 기타라면 언니는 일렉트릭 기타라고. 언니가 제대로 역할을 하려면 많은 도구가 필요해. 우리와 같은 소리는 만들어 내지 못하겠지만, 언니를 충분히 돕는다면 완벽하게 자기 소리를 낼 수 있을 거야. 어쿠스틱 기타와 일렉트릭 기타가 같은 악기가 아닌 건 분명해. 하지만 조화로운 소리를 내려면 다른 여러 악기들이 필요한 법이잖아. 그렇게 생각하지 않아?"

나는 뭐라고 해야 할지 몰라서 망설였다. 그레이스도 대답을 기다리는 것 같지는 않았다. 그레이스는 자기 생각이 맞다는 걸 이미 알고 있었다.

"3년 전에 로즈가 죽었어. 뇌막염이었어. 어쩌다가 뇌막염에 걸렸는지 모르겠어. 내가 언니를 병원에 데려갔어. 하필이면 그때 부모님이 집에 계시지 않았거든. 언니가 사랑했던 사람들에게 둘러싸여 평안하게 죽음을 맞이했다고 말할 수 있으면 얼마나 좋을까. 하지만 그건 거짓말이지. 언니는 경련으로 온몸을 심하게 뒤틀면서 기계에 에워싸여 죽음을 맞이했어. 언니가 떠들썩하게 인상적인 장면을 남기고 죽었다고 말할 수 있으면 좋을 텐데. 하지만 그렇다고 하면 거짓말이지. 언니의 심장이 갑자기 멈췄고, 언니의 몸에 핏기가 사라졌어. 유혈이 낭자하지도 않았고 슬프게 울어 주는 사람도 없었어. 의사들이 들어왔고 물어보지도 않고 언니의 시신을 들어서 영안실로 옮겼어. 의사들은 내게 항생제를 투여했고 밤새 지켜봐야 한다고 했어. 이 모든 게 있을 수 있는 일이야? 이해할 수 없는 일투성이였어.

나는 화가 났어. 지금도 화가 나! 로즈 언니는 죽었어. 나는 언니가 어떤 방식으로 생각하고, 행동했는지 전혀 이해하지 못했어. 언니가 죽을 때 나를 미워했을 수도 있고 나를 좋아했을 수도 있어. 아니면 언니는 늘 죽음만 꿈꾸면서 살았을지도 몰라.

나는 불확실한 상태에서 살 수 없었어. 3년 동안 나는 큰 규모의 연구 프로젝트에 참여했어. 언니보다 먼저 태어난 일곱 명의 환자들을 추적했어. 그들 중 네 사람은 죽었어. 나머지 세 사람은 너무 심각한 상태였어. 3번 환자는 정신분열증이었어. 평생 자신을 미워하면서 살다가 약에 빠져들었어. 죽을 때까지 정신병원에 있게 될 거야. 4번 환자는 어린 시절 대부분을 가족들에게 학대당하면서 살았어. 그의 부모는 아이를 '올바른 길'로 돌아오게 만들 방법은 '사랑의 매질'밖에 없다고 생각하는 사람들이었어. 그런 터무니없는 논리는 처음 들어 봤어. 그렇게 망가진 사람도 처음 봤고. 6번 환자는 말이야…. 내가 그 사람 방에 들어갔을 때 나를 보자마자 자기를 죽이러 온 게 아니라면 나는 아무 쓸모없는 사람이라고 말했어.

한 달 전에 너의 존재를 알게 되었어. 너의 존재는 내 마음을 사로잡았어. 윙 증후군 환자 아홉 명 중에서 다른 질병이 없는 사람은 너뿐이었어. 너는 연구하기에 가장 쉬운 환자였어.

네가 다니는 학교에 출입할 수 있게 해달라고 요청했어. 그 랑댕 박사의 도움으로 너를 연구해도 좋다는 교장 선생님의 허락을 받았어. 교장 선생님이 손해 볼 건 없었으니까. 교장 선생님이 제시한 조건은 딱 하나였어. 내가 너희 학교에서 공부를 해야 한다는 거였어. 교장 선생님은 내가 유명하다는 걸 알고 있었고, 나를 이용해 학교의 이름을 널리 알리고 싶어했어. 나는 그러겠다고 했지. 재즈 선생님은 나를 가르칠 수 있게 되었다는 사실에 몹시 흥분했어. 그렇지만 내가 왜 전학을 오는지는 의아해하셨지. 교장 선생님은 우리 모두에게 도움이 될 만한 그럴듯한 거짓말을 생각해 냈어. 이전에 다니던 학교에서 내가 공부하고 싶어 하는 수업을 개설하지 않아서 전학을 왔다는 거짓말을 만들어 냈던 거야.

나는 동물 관찰하듯이 너를 관찰하고 싶지 않았어. 너를 알아가면서 너의 신뢰를 얻고 싶었어. 그런 다음에 내 행동에 네가 어떻게 반응하는지 알고 싶었고, 네가 다른 사람들과 관계를 잘 맺는지 외따로 떨어져 지내는지 옆에서 지켜보고 싶었어. 그런데 네가 정상인인 누군가에게 절대로 마음을 열지 않을 거라는 생각이 들었어. 너는 심하게 경계를 할 것이고, 결국 내가 너를 연구하러 왔다는 것을 알게 되면 나를 냉정하게 대할 거라고 생각했어. 그래서 다섯 개 모두 초록색인 로즈의 팔찌를 찼어. 팔찌는 내가 가지고 있는 유일한 언니 물건이야. 내 실패를 상징하는 물건이기도 했고.

너는 내가 생각했던 것보다 훨씬 주변을 잘 관찰하는 사람이었어. 우리가 처음 만났던 날, 내가 너랑 같다고 생각할 수 있게 만들 만한 아주 사소한 증거들을 슬쩍 흘렸어. 너를 담당하는 신경심리학자가 네가 하는 이색적인 행동을 열다섯 가지 정도 내게 알려 준 것은 맞아. 너는 평균 이상으로 세세한 것에 관심을 보였어. 내가 두세 가지 증거들을 보였을 뿐인데도 너는 금세 내가 윙 증후군이라는 걸 알아냈어. 윙 증후군 환자인 척하는 행동을 알아챘다고 하는 게 더 정확한 말이겠구나.

네가 그렇게 빨리 나에게 열중하게 될 거라고는 예상하지 못했어. 토요일 밤에 너와 헤어지자마자 그랑댕 박사에게 이 일을 그만두겠다고 전화했어. 나는 너에 대해 충분히 알게 됐어. 나는 너랑 같이 다니는 것이 정말 좋았어! 정말이야. 그건 절대로 의심하지 말았으면 해. 그래서 나는 너를 슬프게 하고 싶지 않았어. 나는 이 일에서 완전히 손을 뗐어. 그렇다고 내 정체를 밝히지는 않았지. 그렇게 하는 것이 나로서는 최선이었어.

화요일에 너를 다시 만났을 때 내 심장 박동이 빨라졌어. 너를 다시 만나고 싶기는 했지만, 너도 나만큼 만나고 싶어 할 거라고는 전혀 예상하지 못했으니까. 너를 껴안고 싶었고 그래서 그렇게 했어. 하지만 그러지 말았어야 했어. 미안해. 널 좋아해. 날 용서해 줘." 그레이스가 속삭였다.

눈물이 멈추지 않고 흘러나왔다. 볼 안쪽 살을 깨물었다. 찝찔한 맛이 입안에 가득 찼다. 혼자 깊은 생각에 빠져들었다. 어떻게 해야 할지 알 수 없었다. 물에 빠진 나에게 튜브를 던져 줄 사람은 단 한 사람도 없었다. 그저 모두 파도 너머에서서 나를 살피기만 하고 있었다. 늘 그랬던 것처럼.

"케시… 케시 선생님이 이 일을 도왔다고?"

"네 행동을 흉내 낼 수 있으려면 너의 기본적인 행동들을 알고 있어야 했어. 그랑댕 박사님이 도움을 준 덕분에 네가 아주 쉽게 나에게 마음을 열게 된 거야."

"선생님은 유일하게 내 비밀을 털어놓을 수 있는 사람이었어. 그런데 나를 속였단 말이야?"

그레이스는 대답하지 않았다.

나는 자동차 바퀴를 걷어찼다.

"나를 있는 그대로 봐 주고 관심을 기울여 줄 사람이 이 빌어먹을 세상에는 한 명도 없단 말이야? 그 저주 받은 진단과 상관없이 나를 봐 줄 사람이 없어? 단 한 사람도?"

나는 왼쪽 귀 뒤에 붙이고 있던 패치를 떼어 찢어 버렸다. 가방을 열고 약이 들어 있는 상자를 꺼냈다. 그리고 상자 안에 들어 있는 약을 모두 꺼내서 있는 힘껏 멀리 던져 버렸다. 색색의 알약들이 아스팔트 위에 흩어졌다.

"내가 어떻게 느끼는지 네가 진짜로 알아? 변변찮은 지식으로 네가 나를 속였다는 사실을 알았을 때 내가 어떤 반응을 보일지 제대로 알고 있었니? 이런 반응을 보일 거라고 예상했냐고?"

눈물에 푹 젖은 목도리를 풀었다. 더 이상 울고 싶지 않았다. 차라리 소리 지르고 싶었다.

"나야말로 더럽고 바보 같은 인간이야. 실험실 쥐와 다를 게 뭐야. 오, 잠깐만! 내가 딱 그런 인간이라는 걸 잊고 있었네. 고작 한 주일 동안이었지만 나는 내가 가치 있는 인간이라고 생각했어. 나에게도 미래가 있다고 믿었어. 의미 있는 일을 할 수 있을 거라고 생각했어."

이번에는 그레이스가 울었다. 머리카락이 그레이스의 얼굴을 반쯤 덮고 있었다. 그레이스는 크게 상심한 것 같았다.

나는 그레이스가 미웠다.

"사실 나는 어느 정도 뒤처진 게 아니라 아주 많이 뒤처진 인간이야. 티끌만한 가치도 없어. 아무도 나를 원하지 않아. 부모님은 나를 두 손가락 중 잘못된 손가락이라고 생각했어. 쌍둥이 형제가 아무리 나한테 관심을 기울인다고 해도 자기 직장을 얻게 되면 나를 돌아보지 않을 거야. 나는 외롭게 죽어가겠지. 내가 죽는다 해도 어느 한 사람 눈 하나 깜짝하지 않을 거야."

나는 잠시 말을 멈추고 숨을 들이쉬었다.

"로즈가 죽을 때 기분이 어땠는지 궁금하다고 했지? 이제 확실히 알겠지?" 나는 숨을 몰아쉬었다.

나는 바람막이 점퍼의 소매를 걷어 올려 다섯 개 모두 초록색인 팔찌를 뺐다. 그레이스를 만난 이후로 나는 팔찌를 숨기지 않았었다. 팔찌가 부끄럽지도 않았다. 팔찌는 내가 다르다는 것을 알려 주는 표지가 아니라 오히려 그레이스와 내가 같다는 것을 알려 주는 표시였다. 내 팔찌를 모두에게 보여 주며 자랑하고 싶었다.

그런데 지금은 금속 팔찌가 피부에 닿을 때마다 불에 덴 것처럼 아팠다. 팔찌를 그레이스의 발밑에 던져 버렸다. 그레이스는 팔찌를 주워서 내게 건넸다. 내가 팔찌를 받아 주기를 간절히 바라는 표정이었다.

"너나 가져. 그런 거 모으는 게 취미잖아. 네가 실패했다는 또 다른 표시야. 이제 팔찌는 꼴도 보기 싫어. 그리고 너도 다시는 보고 싶지 않아." 나는 어금니를 꽉 깨물고 말했다.

다시 걸어가려는데 그레이스가 내가 있는 쪽으로 달려와서 내 어깨를 잡았다.

"네가 약속했잖아. 항상 이 목걸이 가까이에 있겠다고, 이 목걸이를 지키겠다고 이자야에게 약속했잖아." 그레이스가 울면서 소리쳤다.

나는 그레이스의 눈을 바라보았다.

"그리고 너는 나를 사랑한다고 말했어."

자카리 윙 박사의 말이 맞았다. 현실은 흉측했다.

해후

"조심⋯."

재킷에 들어 있는 음반을 조심스럽게 꺼낸 다음 정전기 방지 솔로 닦는다. 매일 이 음반을 듣고 '디깅러'의 몸짓을 공들여 따라 해 보지만 아무 소용이 없다. 아쉽게도 나는 '디깅러'가 아니다. 이제 그런 생각을 해도 마음이 편하다. 변함없이 '구제불능' 상태인 나를 받아들였다. 그렇지만 티 하나 없이 깨끗한 흰 셔츠를 입고 활짝 웃으며 가족이 있는 집으로 들어가는 윌리엄을 볼 때면 어쩔 수 없이 내 안에서 불쑥 질투가 치솟는다. 윌리엄은 정말로 행복한 삶을 살고 있다.

나도 윌리엄처럼 정상인의 삶을 살고 싶었다. 하지만 앞으로도 절대 그렇게 되지는 않을 것이다. 나를 만나는 의사들은 그 사실을 잘 알고 있다. 그래서 나에게 안정제를 처방해 준다. 안정제는 삶에 대한 집착과 분노를 줄여 준다. 케시 선생님은 약을 이렇게 많이 주지 않았다. 아쉽게도 케시 선생님은 의사로서 직업 윤리를 지키지 않았다는 사실이 알려져서 의사 면허를 박탈당했다. 나는 말없이 약을 삼킨다. 쓴맛을 덜느끼려면 한꺼번에 털어 넣고 꿀꺽 삼켜야 한다.

가게는 텅 비어 있다. 벌써 몇 달째 이곳에선 빵 냄새가 풍기지 않았다. 이자야의 레시피를 보고 수십 번이나 똑같이 만들어 보려고 했지만 번번이 실패했다. 기분 전환을 하려고 레코드플레이어를 켠다. 무겁고, 열정적이고, 로맨틱한 음악이 가게 안을 가득 채운다. 나는 무심결에 노래 가사를 웅얼거린다. 걸음을 옮길 때마다 발에 걸리는 음반 상자들 사이를 겨우 피해 다닌다.

오늘 아침, 며칠 전에 주문한 상품들을 받았다. 그런데 아직 정리하지 못했다. 이자야는 아주 꼼꼼하게 음반들을 분류하는 자기 방식이 있었다. 알파벳 순서대로 정리하는 단순한 방식하고는 차원이 달랐다. '예전 주인이 음반을 분류하는 방법을 이해하지 못하는' 상황에 대한 해결책은 〈일상 문제 해결 가이드)를 전부 뒤져 봐도 나와 있지 않았다. 아쉽다. 그러니 음반을 하나하나 꺼내서 살펴보고 이미 진열된 음반의 앞에 두어야 할지, 뒤에 두어야 할지를 결정해야 한다. 음악 장르, 아티스트의 이름은 그렇다 치고 연대, 희소성, 훼손 상태, 가격에 따라 붙이는 스티커가 각각 따로 있다. 우주 왕복선을 만드는 것과 음반 분류 작업 중에 뭐가 덜 복잡한 건지 모르겠다.

이자야는 답을 알고 있었을 텐데 그가 떠나기 전에 물어볼걸 그랬다. 이자야는 늘 답을 알고 있었다.

가끔은 내가 이자야보다 먼저 떠났어야 했다는 생각을 한다. 그는 가장 크게 이룰 수 있었을 사람이었다. 그는 사랑하는 사람을 쫓아가 위대한 사랑을 이룰 수 있었지만, 사랑을 기다리는 편을 택했다. 그녀가 돌아오고 싶어 할 것이라는 사실을 믿는 일에 모든 것을 바쳤다. 그러면서도 그녀가 돌아올지 돌아오지 않을지 전혀 알지 못했다. 그녀가 진짜로 그를 사랑했는지조차 알지 못했다. 그는 환상의 주변에 자기의 진짜 삶을 세웠다. 이자야는 아디를 사랑했다.

나도 그레이스를 사랑했다. 나도 나의 환상을 사랑했다.

아디가 이자야의 장례식에 왔다고 말할 수 있었으면 좋겠다. 아디가 이자야의 무덤에 몇 시간 동안이나 머물렀다고 말할 수 있었으면 좋겠다. 이자야가 자기 인생을 낭비한 게 아니었다고 말할 수 있었으면 좋겠다. 그러나 아디는 오지 않았다. 아디는 돌아오고 싶은 마음이 전혀 없었다.

가게 문에 매달아 놓은 종이 울린다. 그제야 나는 깊은 상념에서 빠져나온다. 그런데 발걸음 소리가 들리지 않는다. 누군가 문을 밀어 보기만 하고 들어오지 않고 있는 것 같다. 무슨 일인가 궁금해서 창문 밖을 내다본다.

곱슬거리는 금발 머리의 아이가 깡충거리며 뛰어오르고 있다. 작은 회오리바람 같다. 가게에 들어오려는 아이를 엄마가 말렸다. 나는 미소를 짓는다. 한눈에 '디깅러'인 티가 난다. 보기만 해도 행복하다. 볼륨을 낮추고 아이에게 들어오라고 손짓한다. 들어가지 말라는 엄마의 말에도 아랑곳하지 않고 아이는 엄마 손을 뿌리치고 안으로 뛰어 들어온다.

"안녕하세요, 아저씨! 음반을 사고 싶어요. 여기는 레코드 음반이 참 많네요." 아이가 쾌활하게 말한다.

아이를 보고 있으니 저절로 웃음이 나온다.

아이는 내 허리에도 닿지 않을 만큼 작다.

"잠시만 기다리렴." 아이에게 말한다.

얼른 계산대 뒤로 가서 '아디를 위한 음반' 상자를 뒤져 음반 하나를 꺼내 들고 어린아이가 있는 곳으로 간다. 아이와 눈높이를 맞추려고 한쪽 무릎을 꿇는다.

"내가 아주 훌륭한 록 음반들을 가지고 있는데 이게 그중 하나야. 네게 줄게. 잘 간직해라! 내 오랜 친구가 좋아했던 거란다."

"이걸 나한테 주는 거예요? 공짜로요?" 아이가 깜짝 놀라서 묻는다.

"물론이지. 나는 음반이 어떤 주인을 만나야 좋은지 잘 알거든."

"이걸 그냥 받을 수는 없어요. 저도 뭔가를 낼 거예요. 아저씨랑 저랑 서로 바꾸는 거예요. 자, 받아요." 아이가 야무지게 자기 생각을 말한다. 그때 아이의 엄마가 들어온다.

아이는 내게 색이 바랜 은목걸이를 내민다. 나는 그 자리에 얼어붙어 버린다.

은목걸이 끝에 낡은 기타 피크가 매달려 있다. 피크에는 아이의 작고 조그만 이빨 자국이 나 있다.

나는 벌떡 일어났다.

그레이스가 내 앞에 서 있다.

그레이스는 얼른 자기 딸을 안는다. 그러고는 아이가 싫다고 발버둥을 치는데도 가게에서 나가버린다. 작은 유리창 너머로 나는 그레이스를 바라본다. 그레이스는 아이를 길에 내려놓고 내 쪽을 돌아본다. 추위 때문에 빨개진 그레이스의 얼굴 위로 커다란 눈송이가 떨어진다. 그레이스가 나를 계속 쳐다보고 있다. 그레이스의 초록색 눈동자가 가로등 불빛을 받아 반짝인다.

마음이 아프다.

노래의 마지막 소절이 텅 빈 가게 안에 울려 퍼진다.

그레이스는 나를 혼자 두고 떠난다.

또다시.

Strange Fruit[*]

여기 열매가 있구나, 까마귀에게 뜯어 먹히는 열매가.
Here is a fruit for the crows to pluck

비가 거둬들이고, 바람이 삼켜버릴 열매가.
For the rain to gather, for the wind to suck

햇볕에 썩어서, 나무에서 떨어지겠지.
For the sun to rot, for the trees to drop

이상하고 쓰디쓴 수확물이 달려 있구나.
Here is a strange and bitter crop.

[*] 1939년 빌리 홀리데이가 발표한 곡으로, 흑인을 향한 잔인한 린치와 인종주의에 대해
저항하는 곡으로 유명하다. 보컬 재즈 최고의 명곡 중 하나로 꼽힌다.

이 책을 쓴 작가의 나이가 당시 열여섯 살이라는 사실을 알게 되면 사람들이 제일 먼저 궁금해 하는 것이 있어요. 어떤 이유로 자폐 스펙트럼 장애에 대해 깊은 관심을 가지게 되었나요?

열네 살 때 장애 청소년들과 함께 하는 여름 캠프에 간 적이 있어요. 그때 자폐인 한 사람, 한 사람이 다르다는 것에 충격을 받았어요. 게다가 자폐인의 숫자만큼 자폐 양상이 다양했어요. 그때부터 자폐에 대해 제대로 알고 싶다는 마음이 생겼죠. 그래서 캠프가 끝나고 자폐에 관한 책과 자료를 찾아 읽었어요. 자폐에 대해 알게 될수록 다른 사람들에게 알려야겠다는 의무감도 커졌죠. 선생님 한 분을 찾아가 의논을 했더니 이 주제로 과학 발표 대회를 준비해 보라고 격려해 주셨어요.

그리고 성인 아스퍼거 장애인들을 찾아가 만났어요. 어떻게 생활하는지 원하는 것은 무엇인지 자세히 알아보고 싶어서요. 청소년 자폐인들과 함께 공부했던 경험은 있지만 많지 않은 경험만으로 편향된 시각을 갖고 싶지 않았어요. 제가 자폐를 완벽하게 알 수는 없을 거예요. 하지만 자폐가 어떤 것인지 기본적인 내용은 파악하고 있다고 생각해요.

청소년 독자들은 해피 엔딩으로 끝나는 책들에 익숙해요. 그런데 이 소설에서 전형적이지 않은 결말은 무척 흥미롭고 훌륭한 선택이라고 생각해요. 이런 결말을 쓰게 된 이유가 있나요?

이 소설에는 힘든 결말이 어울린다고 생각했어요. 독자에게 세상이 늘 완벽하지만은 않다고 말하는 것도 중요하고요. 힘든 결말을 마주한 독자들이 질문하고 답을 찾게 될 거라고 믿어요. 책을 읽은 다음 질문하고 답을 찾으려는 노력이 우리한테는 꼭 필요해요.

이 소설의 기발함은 역할을 바꾸었다는 점에 있는데요. 소설 속 세상에서는 모두가 자폐인이고 자폐가 아닌 주인공은 신경증 진단을 받고 살아가지요. 현실과 정반대로 뒤바뀐 세상을 만들어 보자는 생각은 어떻게 처음 하게 되었는지 궁금해요. 소설을 쓰기 전에 상세한 계획을 세웠나요?

당시에는 계획을 세우는 방법을 잘 몰랐어요. 그래서 열 번도 넘게 고쳐 썼어요. 저는 소설 속에서 자폐인 한 사람을 등장인물로 내세워 보여 줄 수 없었어요. 자폐인 개개인은 하나 혹은 여러 개의 뚜렷한 증상들을 가지고 있었어요. 증상의 경중 또한 모두 다르고요. 내 소설을 읽고 모든 자폐인들은 똑같다고 생각하면 안되잖아요. 더욱이 제가 자폐인이 아니면서 자폐인에 대해 쓴다는 점 때문에 고민이 많았어요.

자폐인들이 세상에 대해 보고 느낀 것을 가로채고 싶지 않았어요. 그래서 위험하지만 진짜가 아닌 어떤 것을 보여 주기로 했죠. 역할을 뒤바꿈으로써 그들의 생각과 느낌을 가로채지 않고도 자폐의 다양한 양상과 아름다움을 보여줄 수 있었어요. 무엇보다 자폐인이 우리가 정상이라고 하는 사람들과 똑같이 사회에서 쓸모 있을 수 있다는 점을 알려 줄 수 있었죠.

소설 쓰기를 꿈꾸는 청소년들에게 도움이 될 만한 말을 해 주세요.
개인적으로 중요하다고 생각하는 것은 두 가지예요. 첫째는 자신이 열정적으로 좋아하는 주제를 선택하라는 거예요. 좋아하는 게 하키일 수도, 요리일 수도 있겠죠. 그게 무엇이든 자신이 좋아한다면 즐거운 마음으로 더 많이 알고 싶어지잖아요. 요리를 좋아한다면 누가 뭐라고 해도 새벽 세 시가 넘도록 인터넷에서 여러 종류의 음식을 찾아보는 것처럼요.
둘째는 쓰기 시작한 이야기를 끝까지 써 보는 거예요. 이야기를 중간쯤 풀어 가다 보면 자신감은 어느새 온데간데없이 사라지고 말죠. 그래도 겁먹지 말고 계속 써 보세요. 내용이 아무리 이상하게 흘러가도 일단 끝까지 써 보라고 말하고 싶어요. 소설의 마지막 줄을 끝마치는 바로 그 순간 인생 첫 원고를 가지게 될 테니까요.

- 빅토리아 그롱댕과의 1문 1답 중에서

이 소설은 자폐를 다루지만 자폐인이 겪는 어려움과 상처를 보여 주지는 않는다. 그러는 대신 자폐인이 다수가 되고, 자폐인이 아닌 사람이 소수가 되는 역전된 세상을 만들어 낸다. 역전된 세상에서 자폐인들은 아무 문제없이 살고, 우리 사회에서라면 아무런 문제없이 살아갈 주인공 기움이 오히려 사회에 적응하지 못하고, 쓸모없는 인간이 된다.

자폐인과 일반인의 처지가 뒤바뀐 세계라는 기발한 설정에 감각의 예민함을 표시하는 색깔 팔찌, 요일별 교복, 어릴 때부터 재능에 맞추어 교육하는 방식까지 디테일한 세계 묘사가 그럴 듯하고 흥미로웠다.

그런데 번역하는 내내 뒤바뀐 세계에 중증 자폐인이 보이지 않고, 주요 등장인물들이 모두 자폐인인데 그들의 행동이 우리 사회의 일반인과 크게 다르지 않아 납득하기 어려웠다. 자폐인인 그레이스가 기움과 같은 윙 증후군 환자인 척 연기를 하고 거짓말을 한다. 사랑하는 사람을 평생 기다리며 살아가는 이자야 또한 자폐인이다. 이런 점들이 소설의 개연성을 떨어뜨린다고 생각했다.

그러다 문득 이런 생각도 편견일 수 있음을 깨달았다. 자폐증은 그 경중과 양상이 너무나 다양해서 자폐 스펙트럼 장애라고 부른다. 스펙트럼의 한쪽 끝에서 자폐인과 일반인이 분명한 경계 없이 맞닿아 있을 것이다. 그 스펙트럼의 어디쯤 자폐적 성향을 가지고 일반인으로 살아가는 내가 있을 수 있다는 생각, 자폐 스펙트럼이 자폐적 성향의 스펙트럼을 넘어서 다양한 인간적 성향의 분포를 나타내는 스펙트럼으로 확장될 수 있다는 생각에 이른다.

자폐인의 삶을 제한하고 온전히 살아가게 하지 못하는 가장 큰 걸림돌은 일반인과 자폐인을 나누어 선을 긋는 사회 분위기일 수 있다. 결국 작가가 세계를 바꾸는 설정으로 우리에게 보여 주려는 것은 바로 선 긋기, 차별, 배제의 문제이다. 이러한 작가의 의도는 소설의 맨 뒤에 재즈 곡 〈이상한 열매 strange fruit〉의 가사를 싣는 것으로 분명하게 드러난다. 〈이상한 열매〉는 백인들에게 죽임을 당해 나무에 매달려 있는 흑인 남성의 사진을 보고 쓴 시에 곡을 붙인 노래로 흑인 인권 운동에 큰 영향을 미쳤다. 이상하고 쓰디쓴 열매는 선 긋기에 의해 배제되는 자폐인을 가리키기도 하고, 뒤바뀐 세계에서 장애인인 기욤을 가리키기도 한다.

　뒤바뀐 세계의 역할 바꾸기를 통해 작가가 말하려는 것은 어느 시간, 어느 장소에나 이상한 열매가 있고, 다른 시간, 다른 장소에서 우리도 이상한 열매가 될 수 있다는 섬뜩한 진실이다.

김현아

Cet ouvrage, publié dans le cadre du Programme d'aide à la Publication Sejong, a bénéficié du soutien de l'Institut français de Corée du Sud - Service culturel de l'Ambassade de France en Corée.

이 책은 주한프랑스대사관 문화과의 세종 출판 번역 지원프로그램의 도움을 받아 출간되었습니다.

AMBASSADE
DE FRANCE
EN CORÉE
Liberté
Égalité
Fraternité

주한
프랑스
대사관

문화과

뒤바뀐 세계

지은이 빅토리아 그룽댕   옮긴이 김현아
펴낸이 곽미순   책임편집 곽미순   디자인 이순영

펴낸곳 ㈜도서출판 한울림
편집 윤소라 이은파 박미화
디자인 김민서 이순영   마케팅 공태훈 윤도경   경영지원 김영석
출판등록 2008년 2월 13일(제2021-000316호)
주소 서울특별시 마포구 희우정로16길 21
대표전화 02-2635-1400   팩스 02-2635-1415
블로그 blog.naver.com/hanulimkids   페이스북 www.facebook.com/hanulim
인스타그램 www.instagram.com/hanulimkids

첫판 2쇄 펴낸날   2024년 5월 10일
ISBN 979-11-91973-14-3 43860